お葉の医心帖

つぐないの桔梗

有馬美季子

角川文庫
24173

目次

第一章　恋の痛み

一

雪が降る朝、お葉《よう》は笠《かさ》を被《かぶ》って裏庭に出た。

足跡をつけるのが忍びないほどの純白の光景に、思わず見惚《みと》れる。文政《ぶんせい》七年（一八二四）、睦月《むつき》（一月）半ば、寒さが厳しい頃だ。年が明け、お葉は齢《よわい》十七になった。化粧っ気のない顔は、実の歳よりもあどけなく見える。

お葉は白い息を吐きながら、井戸から水を汲《く》む。それを終えると、南天の木に目をやった。

――南天は、難を転ずるに通じて、縁起がよいと言われるわ。実や葉に薬効もあるのよね。

ここは、本道（内科）の医者である挙田《あぐた》道庵《どうあん》の診療所だ。

　お葉は川に身を投げたところを道庵に助けられ、昨年の長月《ながつき》（九月）から診療所に置いてもらっている。道庵の仕事を手伝うようになったのは神無月《かんなづき》（十月）からで、三月半になる。お葉も、難を転じて、今こうしてここにいるのだろう。

　両親を流行《はや》り病で喪《うしな》った後、奉公先で酷《ひど》い虐《いじ》めに遭い、絶望の果てにお葉は自ら命を絶とうとした。だが道庵と、予《かね》てから診療所に手伝いにきていた産婆のお繁《しげ》に、命を救われた。

　行き場がなかったお葉は、道庵の仕事を手伝い、患者たちと触れ合ううちに、命の尊さを知った。そしていつの間にか、今度は自分が、患者を救うことに没頭するようになっていた。

　患者を手当てすることで、お葉は自らの心も手当てされていたのだろう。

　今は虐めで受けた傷もだいぶ癒《い》え、道庵の医術の仕事を手伝うことにも少しずつ慣れてきた。

　とは言え、まだまだ失敗も多くて、道庵やお繁に叱られることも多々あるが、お葉は挫《くじ》けることなどない。この仕事に、遣《や》り甲斐《がい》を覚えているからだ。

　奉公先ではずっと惨めな思いをしていたが、患者の手当てをすることで感謝されるようになり、ゆっくりと自信を取り戻してきている。

難しい医術の仕事に未だに迷い、悩みながらも、お葉は少しでも患者たちの力になりたいと願っていた。辛《つら》い経験をしたゆえに、患者たちの苦しい気持ちが分かり、それを癒《いや》したいと切に思うのだ。

お葉は、雪が降り積もった裏庭を見回した。助けてもらった頃、人を信じられなくなっていたお葉には、道庵もお繁も初めは訝《いぶか》しく映り、いつ診療所を出ていこうかと絶えず考えていた。そのようなお葉をここに引き留めてくれたのが、薬草や薬木に溢《あふ》れた裏庭の光景だった。植木職人だった亡父と、優しい亡母の思い出が、草木の香りとともに蘇《よみがえ》るからだ。

――寒さに挫けず、育ってね。

お葉は草木に心の中で語りかける。昨日の夕方、雪が降り始めてきた頃に、草木は藁《わら》で囲ってしまった。

南天の紅い実に雪が降りかかる姿もよいものだが、囲った藁に雪が積もる眺めにも趣がある。庭には、白い実をつけた南天の木も立っている。

――紅い南天よりも地味に見えるけれど、白い南天にはいっそう効き目があるのよね。道庵先生に教えてもらったわ。

雪の中、お葉は白南天の木を眺め、微《かす》かな笑みを浮かべた。

水を汲んだ桶《おけ》をいったん雪の上に置き、鶏小屋の中も覗《のぞ》いてみる。油紙で覆って、火鉢を置いて暖めてはいるものの、今朝はさすがに卵は手に入らなかった。

お葉は鶏たちに餌をあげてから、薬草の生えた一角へと戻って、身を屈《かが》めて芹《せり》を摘み始めた。春の七草の一つである芹にも多くの薬効があり、料理に使っても美味《おい》しい。

――芹と油揚げのお味噌汁《みそしる》は、先生もお好きですもの。朝餉《あさげ》にお出ししましょう。

立ち上がったところで、道庵がお葉を呼ぶ声が聞こえてきた。

「今、行きます」

お葉は白い息を吐きながら澄んだ声を響かせ、みずみずしい芹を手に、中へと戻った。

道庵の診療所は神田須田町《かんだすだちょう》二丁目にあり、近くには菓子屋、八百屋、料理屋、塩問屋、油問屋、仏具屋、古着屋、湯屋、髪結い床、絵草紙屋などが軒を並べている。すぐ傍に神田川が流れていて、大きな火除御用地もあり、昌平橋《しょうへいばし》の前には八ツ《や》小路《こうじ》がある。

八ツ小路とは、中山道《なかせんどう》など八つの道が集まる交通の要衝ゆえ、そう呼ばれる。つまりはこのあたりは、人通りも多く、賑《にぎ》わっているところなのだ。

道庵は齢五十八の男やもめ。ぶっきら棒で、口調は医者らしからぬ、べらんめえ。いつも怒ったような顔をしているが、《病は患者の心を見て治す》が信条で、根は優しく、親身になって患者を診る。そのような道庵を慕う者は多く、診療所を訪れる患者は後を絶たない。道庵は、この神田のあたりでは情に厚い腕利きの医者として知られていた。

そしてお葉は今、道庵を手伝いながら、医術の仕事を習得すべく、日々励んでいる。この時季は風邪の患者が多く、朝から忙しい。寒いので、患者たちには土間の中で床几《しょうぎ》に腰かけて待っていてもらう。

土間を上がれば診療部屋なのだが、衝立《ついたて》を並べて区切っている。待っている患者に声をかけ、診療部屋へと導くのはお葉の役目だ。

「お待たせいたしました。どうぞお上がりください」

次の患者は、近所に住んでいる、荒物屋の主人の喜八《きはち》だ。喜八は洟《はな》を啜《すす》りながら、お葉の後に続いて診療部屋へと入り、腰を下ろした。

白髪交じりの総髪で、小袖《こそで》に医者の礼服である十徳を羽織った道庵は、喜八の顔色をじっくりと見た。

「風邪みてえだな。鼻水だけかい？」

「いえ、喉《のど》も痛いんですよ。なんだか腫《は》れてるみたいで」

喜八はごつい手で、喉を押さえる。

「よく見せてみろ」

道庵は喜八の顔色だけでなく、目、唇、舌の色もじっくりと診た。いわゆる、望《ぼう》診《しん》である。望診は患者の顔色や動作を診て診断することだ。

「熱も少しあるようだな。お前さん、ちゃんと寝てるかい」

「それがあまり眠れなくて……。なんだか鼻が乾く感じで、苦しいんです」

患者に症状を訊《き》くことを、「問診《もんしん》」という。

道庵は喜八に顔を近づけ、息の匂いや、躰《からだ》の匂いを嗅《か》いだ。声や呼吸や体臭などから診断することは「聞診《ぶんしん》」である。

次に道庵は脈を見て、喜八の喉や額、首の後ろのあたりをゆっくりと撫《な》でて「切診」をした。医者はこの「望診」「問診」「聞診」「切診」で、診断する。

「お前さん、頭も痛《いて》えんじゃねえか。躰のあちこちにも痛みがあるだろう」

「はい、仰《おつしや》るとおりです。なにやら、ぞくぞくとして、暖かいのか寒いのかもよく分からなくて」

喉が痛むのだろう、喜八は答えながら、顔を歪《ゆが》める。道庵は厳しい面持ちで、喜八を見つめた。

「もしや、麻疹《はしか》の初めかもしれねえ。放っておくと危ねえから、今から渡す薬を必ず飲んでくれ。麻疹は初めが肝腎《かんじん》なんだ」

麻疹と聞いて、喜八の顔は青褪《あおざ》めた。麻疹に罹《かか》って、命を落とすこともあるからだ。

「あ、あの……助かりますよね」

「罹り初めに、しっかり治せば大丈夫だ。安心しろ」

道庵は顔を和らげ、喜八の肩に大きな手を乗せた。

麻疹と聞いて、お葉の胸も複雑になる。道庵の妻子は二十一年前、当時、猛威を振るった麻疹に罹って命を落としたからだ。道庵は、医者なのに最愛の妻子を助けられなかったことを悔やみ、いっそう仕事に打ち込むようになったと、お繁から聞いていた。

道庵は麻疹の怖さを思い知り、罹り初めに適切な治療をすべきだとの教訓を得たのだろう。麻疹に罹りたての症状は一見、普通の風邪のそれにも似ているが、喜八の目は酷く充血していて、口の中に白い水疱《すいほう》ができ始めていた。そこから麻疹ではないかと、道庵は診立てたのだろう。

──近頃、麻疹と思《おぼ》しき患者さんが、少しずつ増えているような気がするわ。また流行《はや》ったりしなければいいのだけれど。

お葉は祈るような思いで、道庵を手伝って薬を作り始める。

「升麻《しょうま》、それから葛根《かっこん》」

「はい」

言われた生薬を、薬箱の中から速やかに取り出し、道庵に渡す。ほか、芍薬《しゃくやく》、甘草《かんぞう》、生姜《しょうきょう》を併せ、升麻葛根湯《しょうまかっこんとう》を作った。

風邪の引き初めに用いられる葛根湯に升麻を加えたこの薬は、清《しん》（中国）の宋《そう》の時代に纏《まと》められた『和剤局方』に、その効果が明記されている。〈風邪の引き初めだけでなく、疫病が流行っている時、発疹《はっしん》が出始めようとする時に用いるべきである〉と。つまりはこの薬を服用していれば、風邪はもちろんのこと、もしや麻疹だった場合の用心にもなるのだ。

ちなみに主薬の升麻とは、晒菜升麻《さらしなしょうま》の根茎で、解熱や解毒、発汗などの薬効を持つ。

「お大事になさってください」

数日分の薬を包んでお葉が渡すと、喜八は丁寧に礼をして受け取った。肩を落とす喜八に、道庵が声をかけた。

「なに、大丈夫だ。もし罹っていたとしても、まだ軽いからよ。その薬を必ず飲んでくれ。もし効き目がないようだったら、また来てくれな」

道庵は、喜八を安心させるかのように、微笑む。すると喜八の面持ちも些《いささ》か和らいだ。

「先生、いつもありがとうございます」

喜八は頭を下げ、薬の包みを大切に抱えて帰っていった。


患者たちは次々に訪れ、昼の休みを取るのも遅くなってしまった。お葉は昼餉《ひるげ》を急いで作った。今日の昼餉は、玄米餅《もち》の雑煮だ。正月に、お繁から玄米餅をもらって食べたところ、お葉と道庵は病みつきになってしまった。雑煮には、春の七草である菘《すずな》（蕪）と蘿蔔《すずしろ》（大根）、それに蒲鉾《かまぼこ》も入れた。

昼餉は診療部屋で食べることもあるが、風邪が流行っているので、用心のために交替で居間で食べることにする。

道庵の診療所の造りは、このようになっている。診療部屋のほかに、患者が寝泊りできる養生部屋が二つあり、空いている時はお葉がその一つを使っている。

診療部屋は、八畳ほどの板敷きで、毛氈《もうせん》（絨毯《じゅうたん》のようなもの）を敷いてある。診療部屋の奥にも六畳ほどの薬部屋があり、百味簞笥《だんす》と呼ばれる大きな薬簞笥や棚が置かれて、薬を作る器具や書物などが並んでいる。薬部屋にあるのは、薬匙《やくさじ》や圧尺、生薬を碾《ひ》いて粉にする薬研《やげん》、丸薬を作る時に使う朱打ちや箔《はく》つけ、薬を量る秤《はかり》や、薬油を蒸留する蘭引《らんびき》などだ。七輪や炭の用意もしてあり、そこで煎《せん》じ薬や塗り薬などを作ることができる。薬を煎じる際には時間を計るため、枕時計と呼ばれる和時計も置いてあった。

そのほかには、台所、厠《かわや》、居間そして道庵の書斎を兼ねた寝所がある。裏庭は薬草園のようになっていて、鶏小屋と井戸、小さな納屋があった。

道庵に先に昼餉を食べてもらい、交替する時に、お葉は言った。

「近頃、麻疹らしき患者さんが増えてきましたね」

「そうだな。流行ってきているのかもしれねえが、何度も言うように初めが肝腎だ。用心すれば、広がりを抑えられるだろう。俺たちも気をつけなくちゃな。お葉、お前は仕事している間は、鼻と口を覆うように頭巾《ずきん》を被《かぶ》っていてもいいぜ」

お葉は目を瞬かせた。

「まだ大丈夫です。……もっと広がってきたら被るかもしれませんが。その時は先生も被ってくださいね。お願いします」

「俺もかい？」

「はい。だって、先生が病に罹られたら、私一人では到底、患者さんを手当てすることはできませんもの。用心すべきは先生です」

最近なかなかはっきり物を言うようになってきたお葉を眺め、道庵は顔をほころばせた。

「ふふ。……白い頭巾なら、二人で被っていても、おかしくはないかもしれねえな」

「患者さんたち、驚いてしまうでしょうか」

「綽名《あだな》をつけられるかもな。白頭巾の診療所、などとな」

二人は顔を見合せ、笑い声を漏らす。その姿は、血は繋《つな》がっていなくても、本当の親子のように見えた。

道庵曰《いわ》く、痢病（赤痢）に罹った両親を必死に看病しながらも伝染《うつ》らなかったお葉は、生まれつき脾《ひ》ノ臓の働きがよく、病に罹り難《にく》い躰《からだ》とのことだ。脾ノ臓は、地味な臓ノ腑《ふ》ながら、全身を司《つかさど》り、とても重要な役目を持つ。ここの働きがよい人は、免疫の力が強いのだ。お葉だけでなく道庵も、脾ノ臓が健やかであると思われた。

道庵は肩を回し、伸びをした。

「お葉、午後《ひるご》もよろしく頼むぜ」

「はい。すぐに食べ終えて、手伝います」

「いや、食べるのはゆっくりでいい。餅が喉《のど》に詰まったらたいへんだからよ」

道庵はお葉に目配《めくば》せし、診療部屋へと戻っていった。


雪はなかなか降り止まず、七つ（午後四時）になると、患者がいったん途絶えた。このような天気の時は、具合が悪ければ家で寝ていたほうがよいと、誰しも思うだろう。

道庵は格子戸に目をやり、息をついた。

「この様子だと、もう、患者は来ねえかもしれねえな。今日は早く仕舞うか」

「そうですね。小降りになってきましたが、結構積もっていますし」

「雪掻《ゆきか》きが面倒だ」

眉根《まゆね》を寄せる道庵に、お葉は苦い笑みを浮かべる。

「雪の眺めはいいものですが、その後が確かに面倒ですよね」

「まったくだ。しかし冷えるな。風邪を引く者たちがまた増えそうだ」

「気をつけてほしいです」

その時、気配を感じて、お葉も格子戸へと目をやった。戸が僅《わず》かに開かれ、女が顔を覗《のぞ》かせる。お葉と目が合うと、女は真剣な面持ちで一礼をした。

お葉は急いで立ち上がり、土間へと下りて、戸を開けた。女は齢《よわい》三十ぐらいで、紫の矢絣《やがすり》の着物に黒繻子《くろじゅす》の帯を結び、半纏《はんてん》を羽織っている。その女に支えられるようにして、もう一人、女が立っていた。御高祖《おこそ》頭巾を被って顔を隠しているが、お葉と同じぐらいの齢と思われた。白練色の羽織と薄紅色の着物が、ほっそりとした躰に似合っている。二人はその身なりから、武家の者たちだと察せられた。武家の娘に、腰元が付き添ってきたのだろう。

腰元らしき女は、お葉に改めて頭を下げ、声を潜めて話した。

「こちらの先生のお噂を耳にしまして、是非、診ていただきたいと思いまして」

お葉は頷《うなず》いた。

「かしこまりました。どうぞお入りください」

二人を速やかに通そうとするも、娘はふらふらしており、足元が覚束《おぼつか》ない。腰元が支えていてもよろけそうになり、お葉も慌てて娘を支えた。

「大丈夫ですか。私にお掴《つか》まりください」

お葉と腰元の二人がかりで娘を中に入れ、診療部屋に座らせた。大きな火鉢を置いているので暖かいが、娘の震えは止まらない。

お葉は思った。

――これほど具合がお悪いのならば、往診を頼めばよろしかったのに。このお天気の中、駕籠《かご》に乗ってまで自らお越しになったということは……お忍びで診てほしかったのかしら。何か深い訳があるに違いないわ。

娘は座っているのも苦痛のようで、躰を揺らす。腰元は絶えず娘を支えていた。御高祖頭巾から、娘の大きな目が覗いている。その目を見つめながら、道庵が声を響かせた。

「顔色を診たいので、その頭巾を取っていただけますか」

娘は微《かす》かに頷き、ゆっくりと頭巾を外した。目鼻立ちのはっきりとした、美しい顔が現れる。青褪《あおざ》めている娘に代わって、腰元が事情を説明した。

娘は旗本の家柄の長女で、お葉と同じく十七だという。訳があって、娘は二日前に、腕がよいと評判の中条流《ちゅうじょうりゅう》の医者（堕胎医）にかかって子を堕《お》ろした。ところが、その時に娘の体調が悪く、医者も調子が悪かったせいか、酷《ひど》く傷ついてしまい、出血がなかなか止まらないという。

道庵とお葉は眉《まゆ》を顰《ひそ》めた。

「その医者は、道具を使ったんでしょうか」

中条流の医者には、薬を使って堕胎する者もいれば、鍛冶屋《かじや》に頼んで掻爬《そうは》用の道具を作ってもらい、それを用いて胎児を掻《か》き出すという危険なことをする者もいた。鬼灯《ほおずき》の根や唐辛子などを煎じたものを女子胞《じょしほう》（子宮のこと）に入れてから、木槿《むくげ》の小枝や吉野《よしの》杉の箸《はし》などで掻き出す方法もあった。

道庵の問いに、娘は微かに頷いた。その時の恐怖を思い出したからだろう、娘はいっそう青褪める。中条流の医者に、娘は眠り薬のようなものを飲まされたが、痛みははっきりあり、悲鳴を上げ続けたという。

道庵は深い溜息《ためいき》をついた。

「ずいぶんと思い切ったことをなさったものですな。ご両親にご相談されなかったのですか」

娘は唇を嚙《か》み締め、うつむいてしまう。代わりに腰元が答えた。

「お嬢様は世間知らずゆえ、ご自分のご判断で、危ない真似をなさってしまったのです。……殿様と奥様にも、易々と話せることではございませんから」

娘の震えは続いていて、お葉は心配になり、声をかけた。

「ご気分、悪くありませんか？　横になられたほうがよろしいのでは」

するとゆっくりと目を上げ、お葉を見つめ、消え入りそうな声で答えた。

「少し……寝かせてもらえますか」

お葉は立ち上がり、腰元と一緒に、娘を横にさせた。折り畳んだ手ぬぐいに娘の頭を乗せ、躰には掻《か》い巻《まき》（かけ布団のようなもの）をかけた。娘の額に手を当て、確かめる。熱は出していないようだった。

腰元は道庵とお葉に再び頭を下げ、涙ながらに言った。

「やむを得ない事情で、このようなことになってしまいました。どうかこのことはご内密に。お礼は充分にさせていただきますので」

道庵は苦々しい面持ちで、お葉に頼んだ。

「お繁さんを呼んできてくれ」

「かしこまりました」

お葉は道庵に一礼し、速やかに立ち上がった。産婆のお繁ならば、このようなことにはいっそう詳しいと、道庵は思ったのだろう。

白い小袖《こそで》に藍色の半纏を羽織り、雪下駄を履いて出ていこうとするお葉に、道庵が声をかけた。

「足元が悪いから、気をつけろよ」

「大丈夫です。すぐ近くですから」

お葉は振り返って道庵に頷き、外に出た。雪は止んだが、寒さは厳しい。滑らないように用心しながら、お葉はお繁のもとへと向かった。


お葉はお繁を連れて診療所へ戻り、腰元と一緒に娘を養生部屋へと運んだ。まだほかの患者が訪れるかもしれないので、診療部屋で娘の躰を詳しく診るのは躊躇《ためら》われたからだ。

養生部屋へ娘を寝かせると、腰元には廊下で待っていてもらい、道庵とお繁が娘の具合を診た。お葉は厚手の大きな手ぬぐいをかけて、娘の下半身を覆った。だが、足を大きく開かされた娘は、涙ぐんでいる。娘の恐怖と羞恥《しゅうち》が痛いほど分かり、お葉はずっとその手を握っていた。

お繁が強張《こわば》った面持ちで、お葉に告げた。

「中黄膏《ちゅうおうこう》を持ってきてくれないかい」

「かしこまりました」

お葉は急いで薬部屋へと行き、中黄膏を持って戻った。この塗り薬は、刀傷や火傷《やけど》などにも使われるものだ。いつぞや掏摸《すり》に刺された同心が運び込まれた時も、これを塗って手当てをした。熱を取り、膿《うみ》を出し、痛みを和らげる効果があるのだ。黄檗《おうばく》、鬱金《うこん》、蜜蠟《みつろう》、胡麻油《ごまあぶら》を併せたこの薬を、お葉は作れるようになっていた。

「お前が塗ってあげてくれ」

道庵に頼まれ、お葉は真剣な面持ちで頷く。手ぬぐいを捲《まく》って患部を見て、お葉は目を見開いた。思ったよりも出血しており、膿も出ている。傷口も深そうだ。

——これでは、かなり痛いでしょう。駕籠で揺られているのも辛《つら》かったのでは。

心配が込み上げるも、お葉は娘を不安にさせぬように、優しく微笑みかけた。

「今からお薬を塗らせていただきます。少し沁《し》みるかもしれませんが、必ず効きますので、我慢なさってくださいね」

娘は目に涙を浮かべながら、微かに頷く。お葉は娘に頷き返し、小さな盥《たらい》に入れた水で手をよく洗ってから、薬を丁寧に塗り始めた。道庵は腰元と話をするため、部屋を出た。お葉の代わりに、お繁が娘の手を握っていた。

やはり沁みるのだろう、娘は顔を歪《ゆが》め、時折、小さな叫び声を上げた。お葉は、雪の日というのに額に汗を浮かべ、ひたすら丁寧に塗っていく。お繁が娘に声をかけた。

「もう少しですよ」

お葉も顔を上げ、娘に微笑みかける。だが、不安が過《よぎ》っていた。

——この傷に、中黄膏だけで果たして効くのかしら。

娘の患部は、よく見ると、前門（陰部）から後門（肛門《こうもん》）のあたりまで、裂けているかのように切り傷ができているのだ。娘がかかった堕胎医が、本当に腕がよいと言われているのか疑わしくなるほどの杜撰《ずさん》さである。

——もしや、お腹の子が育ち過ぎていたのを無理に掻き出したから、このようなことになったのでは……。

お葉は胸を痛めつつも薬を塗り終え、襁褓《むつき》を当てようとしたところ、お繁に言われた。

「一応、手ぬぐいを重ねたほうがいいかもしれない」

「あ、はい」

お葉は急いで手ぬぐいを当てて、止血するように娘の患部を押さえた。その上から襁褓を当てる。

娘が青白い顔をして、か細い声で訊《たず》ねた。

「まだ血が出ていますか」

「少し出ていますが、手当てしましたので、直に止まると思います」

「……ありがとうございます」

娘は、面持ちを微《かす》かに和らげる。だがお葉は、そう答えたものの、出血が完全に止まるかどうか自信は持てなかった。それほど娘の傷は深いものだったのだ。

――中黄膏が効いてくれるとよいのだけれど。

お葉が祈るような思いでいると、道庵が薬を持って入ってきた。

「抑肝散《よくかんさん》だ。飲ませてあげてくれ」

道庵は薬と、水が入った器を、お葉に渡した。蒼朮《そうじゅつ》や茯苓《ぶくりょう》、川芎《せんきゅう》、釣藤鉤《ちょうとうこう》などを併せて作るこの薬には、神経の昂《たかぶ》りを抑え、苛立《いらだ》ちや怒りを鎮める効き目がある。不眠や、子供の夜泣きや疳《かん》の虫にも効く。お葉も身を投げて助かった後、道庵にこの薬を飲まされていた。そのおかげで、よく眠れるようになり、悪い夢を見なくなったので、心を落ち着かせる効果を持つのは確かであろう。

お葉は、散薬（粉薬）である抑肝散を少量の水で溶き、それを匙《さじ》で掬《すく》って、少しずつ娘に飲ませた。癖のある味に、娘は顔を顰《しか》めつつも飲み終えた。

「これで大丈夫ですよ。ゆっくり躰《からだ》を休めてくださいい」

お繁が微笑みかけると、娘は頷《うなず》き、目を閉じた。緊張がほぐれたのだろうか、薬の効き目だろうか、娘はすぐに寝息を立て始める。

道庵に目配《めくば》せをされ、お葉とお繁もいったん部屋を出た。そして廊下で、三人は声を低めて話した。

「先生、あの傷は塗り薬だけで治りますかね」

お繁が訊ねると、道庵は眉根《まゆね》を寄せた。

「ちいと分からねえな。最善は尽くすが、様子を見ねえと何とも言えねえ」

「でも、野木《のぎ》様の傷だって、あの薬で治ったのですから……塗り続ければ、きっとよくなるのでは」

お葉が願いを籠《こ》めて口を挟むも、道庵とお繁は顔を見合せて溜息《ためいき》をついた。ちなみに野木とは、件《くだん》の同心の野木謙之助《けんのすけ》のことだ。

「野木の旦那《だんな》とは、傷の場所が違うからなあ」

「お葉、考えてごらん。女の大切なところ、いわば急所にできた傷だ。それが治りきらなかったら、どういうことになると思う？」

お葉は、あっと小さく叫び、慌てて手で口を押さえた。娘はこの先、赤子を産めなくなるかもしれないのだ。

道庵は顎《あご》を撫《な》でつつ、声をさらに低めた。

「あの裂けたような傷が、無事に塞《ふさ》がればいいんだけどよ。少し様子を見て、治りが悪ければ、もっと強い効き目の薬に変えてみるか。果たしてそれも効くかどうかは、分からねえが」

「やれるだけのことは、やってみましょう」

「私もしっかり手当てします。あの傷を治して差し上げたいです」

二人に見つめられ、道庵は頷いた。

「よし、とにかく最善を尽くそう」

お繁とお葉は頷き返した。


腰元は診療部屋で待っていた。三津《みつ》という名の腰元に、道庵は告げた。

「お嬢様はずいぶん衰弱なさっているので、暫《しばら》くここでお預かりして治したいと思うのですが」

三津は少し考え、答えた。

「かしこまりました。よろしくお願いいたします」

三津曰《いわ》く、娘の静乃《しずの》が子を堕《お》ろしたことを、母親の静穂《しずほ》は知っているとのことだ。

ならば静乃が暫く留守にしていても、静穂が巧みに言い訳をすれば、父親はじめ屋敷の者たちをどうにか誤魔化せると思ったのだろう。

三津は目を伏せながら、ぽつぽつと話した。

「奥様はお嬢様のご様子をご覧になっていて、お子を堕ろしたことに気づかれたのです。奥様はお嬢様をたいへん心配なさって、こちらにも付き添われたかったようです。……でも、家臣たちに勘づかれるのは、何としても避けたくて。それゆえ私一人が付き添って参りました」

道庵の噂を聞きつけて、静乃をここに連れてきたのは、やはりお忍びでの治療を求めてのようだ。お抱えの、武家相手の医者に診てもらって、万が一に変な噂が流れては困るからであろう。

三津の話によると、静乃の父親は、禄高《ろくだか》四千石の旗本である小姓組番頭《こしょうぐみばんがしら》とのことだ。大身旗本の身分であり、お葉とお繁は目を瞠《みは》った。ちなみに小姓組とは、将軍の護衛や殿中の警備をする者たちの部隊であり、幕府においては五番方《ごばんかた》の一つにあたる。

道庵は重々しい口調で訊ねた。

「それで、お嬢様を身籠《みごも》らせたお相手には心当たりはあるのでしょうか」

「いえ……それは」

三津は口を閉じ、うつむいてしまう。道庵、お葉、お繁に見つめられながら、三津は風呂敷《ふろしき》をおもむろに開いた。そして包みを取り出し、道庵に差し出した。

道庵は身動きせずに、三津を見据える。代わりにお繁が確かめてみると、充分過ぎるほどの薬礼が包まれていた。

道庵は眉《まゆ》を顰《ひそ》めた。

「こんなに沢山、受け取れませんな。お嬢様が治ってからの話にしましょう」

道庵はそう言って突き返すも、三津は首を横に振った。

「前金だけでもどうかお受け取りください。……その代わりと申し上げてはなんですが、必ず、お嬢様を治して差し上げてくださいませ」

三津は何度も頭を下げ、語った。

「お嬢様にはよいご縁談がございまして、そのお話が進められているのです。……それゆえ、先方様に決して気づかれませぬよう、綺麗《きれい》に治していただきたいのです。どうか、どうか、お願いいたします」

三津の話を聞きながら、お葉は複雑な思いだった。静乃が子を宿した相手は、その縁談相手ではないことは確かであるからだ。

道庵とお繁も苦々しい面持ちだった。

道庵と三津が前金の話をしている間、お葉は静乃の様子を見に、養生部屋へ行った。雪の後の夕刻、急に体温が下がらぬとも限らないので、心配になったのだ。

だがそれも杞憂《きゆう》で、静乃は安らかな寝息を立てていた。顔色もそれほど悪くはなく、発熱している様子もない。そっと搔《か》い巻《まき》を捲《まく》ってみたが、酷《ひど》い出血もないようだった。

お葉は静乃を起こさぬように、静かに見守る。すると少し経って、お繁がお葉を呼びにきた。お金の話が終わって、三津が帰るようだ。

お葉は外へ出て、三津を見送った。すっかり暗くなっている。お葉は白い息を吐きながら、三津に告げた。

「雪が残っていますので、お気をつけてお帰りください」

「お気遣いありがとうございます。駕籠《かご》を近くで待たせてありますので、それに乗って帰ります」

三津は恭しく一礼し、お葉を真っすぐに見つめた。

「お嬢様のこと、どうぞよろしくお願いいたします。お葉さんは、おそらくお嬢様と同じお年頃とお見受けしますので、時々はお話し相手になって差し上げてくださいね」

「かしこまりました。仰《おっしゃ》るとおり、私も十七ですので、いっそう親身に手当てさせていただきます」

お葉が笑顔で答えると、三津の面持ちがようやく和らいだ。

お葉は提灯《ちょうちん》を手に、駕籠の近くまで三津に付き添い、見送ってから戻った。滑らぬように気をつけて歩き、診療所の近くになって、立ち止まった。

すらりとした精悍《せいかん》な顔つきの男が、提灯を掲げながら診療所を窺《うかが》っているのが、目に入ったのだ。

暗がりの中でも、その男はぼんやりとした明かりに包まれているかのように、やけに目についた。齢《よわい》二十七、八だろうか、道庵と同じく総髪で、小袖《こそで》の上に十徳を羽織っている。男はその身なりから、やはり医者のように思えた。

——道庵先生に、何かご用なのかしら。ならば、じろじろ眺めたりしないで、中に入ればいいのに。

少し離れたところでお葉が怪訝《けげん》そうに窺っていると、男は急に振り向いた。男と目が合い、お葉は思わず身を竦《すく》める。男は射貫《いぬ》くような眼差《まなざ》しをしていた。

男は悪びれもせずお葉に微笑みかけ、十徳を翻しながら、雪の残る道を足早に去っていった。

男の笑みはなにやら不敵にも思え、お葉は瞬きをして、首を傾げた。

手に息を吹きかけながら、診療所に目を移す。中から明かりが漏れていた。

——今夜はお繁さんも交えて、温かなものを食べましょう。静乃様にも何か作って差し上げなければ。……召し上がれるかどうか、分からないけれど。

提灯で道を照らしつつ、再び歩き出す。半纏《はんてん》を羽織っていても、夜風は冷たい。

診療所に着くと、お葉は振り返った。さっきの男の影は、もう、なかった。

二

翌日は朝から忙しかった。早起きして道庵と一緒に診療所の前の雪掻《ゆきか》きをした後、裏庭に出て草木を囲った藁《わら》を片付けた。

それが終わると掃除を急いで済ませ、朝餉《あさげ》の支度に取りかかる。道庵がご飯を炊いてくれたので、お葉は味噌汁《みそしる》を作る。その具材は、蕪と豆腐。これならば、静乃の躰《からだ》にもよいのではないかと思ったのだ。

――静乃様、昨夜はずっと眠ってらして、何も召し上がらなかったのよね。傷口の回復のためにも、少しは召し上がってもらわなければ。

豆腐や味噌など大豆から作られる食べ物には、女が罹《かか》りやすい病にも効き目があると、お葉は道庵やお繁に学んでいた。みずみずしく優しい味わいの蕪と豆腐の味噌汁は、静乃の傷んだ心と躰を癒《いや》すことができるのではないかと考えたのだ。

道庵の朝餉を用意すると、お葉は自分が食べるのは後回しにして、静乃へご飯と味噌汁を運んだ。

お葉は襖《ふすま》越しに声をかけたが、返事はなかった。万が一のことがあるので、患者の返事がなくても、お葉たちは養生部屋に入ってよいことになっている。

「入りますね」

お葉は一応断ってから、襖を開けた。

その音で、静乃はようやく目覚めた。昨夜は何度声をかけても起きなかったので、お葉はひとまず安堵《あんど》する。静乃は、眩《まぶ》しそうに目を瞬かせた。

お葉は雨戸を開けて日差しを部屋に入れ、静乃の顔色を見ながら訊《たず》ねた。

「どちらか痛みますか」

静乃は首を微《かす》かに振った。

「特にありません。……起きたばかりだからかもしれませんが」

「それはよろしかったです。お腹、空《す》きましたでしょう？　朝餉をお持ちしました。少しは召し上がっていただきたいです」

お葉が微笑むと、静乃は小さく頷《うなず》き、半身を起こそうとした。だが、痛みが走ったのか、顔を顰《しか》めた。お葉は静乃の背中を支えた。

「ご無理なさらないでください。寝たままでよろしいですよ。私がお匙《さじ》で、お口元へお運びしますので」

「……お願いします」

静乃は素直に、また身を横たえる。お葉はまず水を飲ませ、それから味噌汁を飲ませ、ご飯を食べさせた。静乃は、ご飯は半分ほど残したが、味噌汁は残すことなく味わった。

その後でお葉は静乃の襁褓《むつき》を取り替えたが、出血は続いていた。薬を塗りながら患部を診たが、傷口はまったく塞《ふさ》がっていないようだ。これではまだ、普通に座るのも楽ではないだろう。

——どうか綺麗に塞がりますように。

お葉はそう念じながら、中黄膏《ちゅうおうこう》を塗り込むのだった。

昨日とは打って変わって晴れ渡り、朝から様々な患者が診療所を訪れた。やはり風邪の患者が多く、麻疹《はしか》の罹り初めと思われる者もいて、お葉は道庵と一緒にせっせと薬を作った。

午後になって患者が少し途切れると、お葉たちはようやく一息ついた。二人でお茶を飲んだ後、お葉は静乃の様子を見にいき、世話をして戻ってきた。

「出血はまだ止まっていねえか」

「はい。傷口から、膿《うみ》もまだ出ています」

道庵は眉根《まゆね》を寄せた。

「なに、それはいけねえな。中黄膏は膿を取る薬なんだが。それとも、膿を出し切っているところなんだろうか」

「いずれにせよ、傷口が開いたままなんです」

道庵は腕を組み、首を捻《ひね》る。

「今日一日様子を見て、まったく塞がらないようだったら、薬を変えるか。神仙太《しんせんた》乙膏《いっこう》にしてみよう。神仙と名づけられるように、古くから万能の皮膚薬と言われている」

「初めて聞くお薬です。興味があります」

お葉が作り方を訊ねようと身を乗り出したところ、格子戸が開き、艶《なま》めかしい声が響いた。

「道庵先生！　蟹《かに》ご飯をいっぱい作ったから、お裾《すそ》分けしちゃう。召し上がって」

声の主は、志乃《しの》である。近所で〈志のぶ〉という料理屋を営んでいる、美人女将《おかみ》だ。齢二十九の女盛りの志乃は、道庵に惚《ほ》れているらしい。差し入れを口実に、病気でもないのに診療所を訪れては、道庵に色目を使って帰っていく。そのような志乃に、お葉は些《いささ》か複雑な思いを抱いているが、道庵は別に靡《なび》いてもいないようなので安心してはいた。

相変わらずの志乃を眺めながら、道庵は頬を少し掻《か》いた。

「おう、蟹ご飯か。俺の好物だ、ありがたくいただくぜ。お葉と一緒に食べるからよ」

「いつもありがとうございます」

お葉が礼をすると、志乃は嫣然《えんぜん》と笑みを浮かべた。

「もう、お葉ちゃんったら可愛いんだから。また先生と、うちの店にも食べにきてね」

「はい」

年が明けてから一度、道庵に志乃の店に連れていってもらったのだ。繁盛しているだけあって、綺麗《きれい》で洒落《しゃれ》た趣の店で、料理も確かに美味《おい》しかった。

志乃は目を細めてお葉を眺めた。

「なんだか板についてきたわねえ。すっかりお弟子さん、って風情よ。……えっと、ここへ来て、確かまだ」

「四月半《よつきはん》だ。俺の仕事を手伝うようになって三月半《みつきはん》」

道庵が代わりに答えると、志乃は大きく頷いた。

「僅《わず》か数月で、その風情。お葉ちゃん、しっかりしてるわね。道庵先生と並んでいると、本当の父と娘のようにも見えるわ」

お葉は、道庵をちらと見る。お葉はそのように言われるのが嬉《うれ》しいが、道庵は本当のところどう思っているか、まだよく分からないのだ。

道庵は笑みを浮かべて、志乃を見た。

「なに、お父《とっ》つぁん代わりってとこだ」

「なるほど、お父つぁん代わりね。……ねえ、お葉ちゃん、おっ母《か》さん代わりも、そろそろほしくない？」

志乃に流し目を送られ、お葉は肩を竦《すく》めた。

「まだ……今のところは、特に」

お葉のつれない返事に、志乃は唇を尖《とが》らせ、不貞腐《ふてくさ》れる。

「ふうん。まあ、いいでしょ。今はそうでも、そのうち、きっとほしくなるわよ。そしたら私がいつでも引き受けるからね。お葉ちゃんのおっ母さん代わり」

お葉は無言になる。志乃は悪い人ではないと分かっているが、色香があり過ぎて、お葉は時々戸惑ってしまうのだ。

道庵は眼鏡を外して、眉間《みけん》を揉《も》んだ。

「だがよ、歳から言って、志乃さんはお葉の姉さん代わりになるんじゃねえか？考えてみりゃ、俺と志乃さんだって、お父つぁんと娘みてえなもんだ。お葉のおっ母さん代わりっていったら、まだお繁さんのほうがしっくりくるぜ」

「まあ、先生って、お繁さんとそういう仲なの？」

志乃が目を剝《む》く。ちなみにお繁は五十三、道庵より五つ下だ。道庵は苦笑いで、手を振った。

「いやいや、そういうんじゃねえよ。歳を考えれば、そのほうが妥当ってことだ」

「あら、歳なんか関係ないわよ。私と道庵先生が夫婦《めおと》になったとしても、何の問題もないわ。お似合いじゃないの」

「いや、そうじゃなくてだ」

二人の遣《や》り取りを、お葉は些か呆《あき》れながら聞いていたが、どこからか眼差《まなざ》しを感じて、ふと身構えた。

格子戸の隙間から、誰かが覗《のぞ》いているような気配がある。

お葉は立ち上がり、土間へ下りて、戸を開けた。覗いていたと思《おぼ》しき男と、目が合う。昨日の男に違いない。男は診療所の周りをうろうろしながら、今日もこちらの様子を窺《うかが》っていたようだ。

明るいところで見て、お葉ははっきり思った。男は若いながらも、道庵よりも立派な身なりをしており、やけに自信に満ちている。整った面立ちが、よけいにそう思わせるのだろうか。

——苦手な感じの人だわ。

男に微笑みかけられても、顔が強張《こわば》ってしまう。長らく自分に自信がなかったお葉は、そのような人に接するとつい身構えてしまうのだ。

男はお葉に馴《な》れ馴《な》れしく目配《めくば》せをすると、またも十徳を翻して去っていった。

──いったい、何のご用なのかしら。

お葉は首を捻りつつ、中へと戻る。志乃は嬉々《きき》として道庵に話しかけていたが、ほどなくして患者が訪れたので、ようやく腰を上げて帰っていった。

お葉は患者を診療部屋へと案内し、仕事に戻りながらも、心を波立たせていた。先ほどの男が、やけに気に懸かるのだった。


その夜、夕餉《ゆうげ》の後で、お葉は思い切って道庵に話してみた。例の男の特徴を告げ、訊《たず》ねる。

「心当たりはありませんか？」

道庵はお茶を飲みながら暫《しば》し首を傾げていたが、思いついたように手を打った。

「そりゃ源信《げんしん》に違いねえ。俺の弟子だった男だ。長崎から帰ってきたんだろう」

お葉は目を見開いた。道庵に自分の前にも弟子がいたということを初めて知り、驚いたのだ。その源信について、道庵は今まで一言も話したことがなかった。

お葉の胸に、もやもやとしたものが広がる。

道庵は、言葉を失ってしまったお葉に微笑むと、源信について語った。

鋳掛屋の次男だった源信は十六の頃に、道庵に弟子入りした。道庵の噂を予《かね》てから耳にしていて、憧《あこが》れていたのだろう。父親の跡は長男が継いだので、源信は好きな道を選んでも何の問題もなかったようだ。

源信の父親は鋳掛職人で、母親は針子だったゆえ、その血を受け継いだ源信は手先が器用で、細々《こまごま》とした仕事をすぐに覚えていった。

おまけに源信は記憶力も優れており、やる気に満ちていたので、道庵が舌を巻くほどに呑《の》み込みが早かった。源信はすぐに、道庵のよき片腕になったという。

道庵の話を聞き、源信が何者かは分かったものの、お葉はやはり腑《ふ》に落ちない。

「でも……お弟子なのに、どうして先生を訪ねてこないのでしょう。ご挨拶《あいさつ》もなく、こちらを窺うように見ているだけなんて、失礼ではありませんか」

「そういう奴なんだよ。いいんだ。弟子っていったって、かつてのことで、あいつはとっくに俺を超えているんだから」

道庵がそのように言うのならば、源信は真に腕はよいのだろう。道庵によると、源信はとにかく知識欲が凄《すさ》まじく、長崎に行く前に既に道庵のもとを離れ、大槻玄《おおつきげん》沢《たく》の私塾・芝蘭堂《しらんどう》で学んでいたという。

ちなみに大槻玄沢は、『解体新書』の訳で知られる杉田《すぎた》玄白《げんぱく》と前野良沢《まえのりょうたく》の弟子で、芝蘭堂からは橋本宗吉《はしもとそうきち》や佐々木《ささき》中沢《ちゅうたく》などの蘭方医が生まれている。

源信はどうやら、道庵に弟子入りしたものの飽き足らず、芝蘭堂で学び、長崎に留学までしたようだ。

道庵は懐かしそうに目を細めた。

「そうか。源信の奴、帰ってきたのか。この近くで仕事を始めたのかもしれねえな」

「そうなのでしょうか」

お葉は気のない返事をして、小さな溜息《ためいき》をつく。火鉢の炭が爆《は》ぜる音が、静かな部屋に響いた。

夕餉の片付けを終え、自分の部屋で一人になると、お葉は《医心帖《いしんちょう》》と名づけた帳面を開いた。この帳面に、日々覚えたことや、学んだことを書き込んでいるのだ。医心という語は、日本国の最古の医学書と言われる『医心方』から取った。また、道庵の医の心を学びたいという思いも籠《こ》めた。

自ら命を絶とうとしたお葉は、道庵に助けられ、この診療所で治してもらった。だが、いつまでも留《とど》まっているのは忍びなく、ある時、お葉は出ていくことを申し出た。新しい奉公先を見つけて、薬礼は少しずつでも返していきたいと思っていることも、道庵に伝えた。そしてその時、お葉は、自害しようとした訳も道庵に話した。

両親を痢病（赤痢）で喪《うしな》ったこと、必死に看病したのに救えなかったこと、独りぼっちになり不安を抱えたまま奉公したこと、その奉公先で酷《ひど》い虐《いじ》めに遭ったこと、それが原因で自死しようとしたことを。

——そのような訳で、ご迷惑をおかけしてしまいました。でも、もう、これ以上、ご厄介になっては、申し訳が立ちません。これからのことについて、考えたいと思います。

そう声を震わせるお葉に、道庵は言ったのだ。

——それならば、一度死んで生まれ変わったつもりで、暫《しばら》くは俺のもとにいて、俺の仕事を手伝ってみねえか。

お葉は驚き、躊躇《ためら》った。行き場のないお葉を慮《おもんぱか》ってくれた道庵の厚意は胸に沁《し》みたが、知識が何もない自分には、医者の手伝いなどできる訳がないと思ったのだ。十二の時から奉公に出たお葉は、字の読み書きだって不確かだった。

戸惑うお葉に、道庵は訊ねた。

——お前さんは、医者にとって一番大切なものって、なんだと思う。

考え込んでしまい、すぐには答えられずにいたお葉に、道庵は言った。

——患者の気持ちになって、患者を診るってことなんだ。患者の気持ちが分からなければ、悪いところを治したり、手当てするなんてことはできねえんだよ。患者だって、心がない医者なんかに、躰《からだ》を委《ゆだ》ねることはできねえだろう。

道庵の言葉に、お葉は、はっとした。これが、道庵の医の心に触れた、初めての時だった。

そして道庵はお葉に、続けてこう言った。

——俺には分かるんだ。お前さんには、それができるってことが。お前さんなら、患者の躰だけでなく心も見ることができる。その辛《つら》かった思いが、いつか必ず役に立つ日が来るぜ。なに、やる気さえあれば、自《おの》ずといろいろ覚えていくよ。……俺もそうだったからな。

お葉は、あの時、釣舟の上で道庵に言われたことを鮮明に覚えている。道庵の言葉の一つ一つが、お葉の人生を変えてしまうほどに、力のあるものだった。

道庵がどうして医者を目指したのか、その訳を、お葉はお繁から聞いて知っていた。

両替商の家に生まれた道庵は、幼い頃は何不自由なく暮らしていたが、躰が弱かった母親が亡くなってから、事態が一変した。父親がすぐに後妻をもらったのだ。

どうやら、その女とは、以前から関係があったようだった。後妻は、露骨に道庵に冷たくあたった。一年後に息子を産むと、さらに道庵を邪険にするようになった。父親はまったく味方をしてくれず後妻の言いなりで、道庵は家にいるのが耐えられなくなり、町をうろつくようになった。

その頃、道庵は齢《よわい》十五。同い歳の仲間の中には、父親のことでからかってくる者もいた。すると道庵は頭に血が上った。若さゆえか、苛立《いらだ》ちの持って行き場がなく、喧嘩《けんか》に明け暮れた。父親と後妻が道庵に跡を継がせないように仕向けていることは分かっていたし、継ぐ気もなかった。

肩で風を切って町を彷徨《さまよ》ううちに、破落戸《ごろつき》たちにも目をつけられるようになった。ある時、そのような輩《やから》と大喧嘩をして大怪我を負い、町医者のもとに担ぎ込まれた。死にかけそうになったところを、道庵も町医者に助けられたのだ。

その挙田道誉《どうよ》という町医者は、道庵を叱りながらも、励ましてくれた。道庵の悩みを親身になって聞き、一緒に涙してくれた。

それからは改心して、その医者に弟子入りして修業を積んだ。独り立ちする時に、恩師から一文字もらい、道庵と名乗るようになった。挙田の姓も受け継いだ。

この時代、医学館《いがくかん》などで学んだ医者もいたが、治療の経験を積んだ腕がよい医者が頼りにされていたのも事実だ。道庵は後者として、腕を磨いていったのだ。

そのような経歴の道庵が、町の皆に慕われる医者になるまでには、相当な努力をしたであろうことは察しがつく。

若い頃には家族のことで葛藤《かっとう》し、医者になってからは妻子を喪うという不幸に見舞われた道庵も、苦悩を乗り越えてきた者なのだろう。だが道庵は、自分のその苦悩を、人に見せるということがない。いつだって強い心で、患者たちに向き合っている。それゆえに皆から頼りにされるのだ。

行灯《あんどん》の明かりの中で、お葉は医心帖を捲《めく》る。稽古《けいこ》の甲斐《かい》あって、近頃は、漢字もだいぶ書けるようになってきた。

自分を日々導いてくれる道庵を、お葉は真に敬っている。道庵はお葉にとって、かけがえのない師匠なのだ。

それゆえに……源信のことが心に引っかかって仕方がない。

――お弟子だったというのに、道庵先生のもとを離れて私塾で学び直すなんて、なにやら先生に失礼だわ。いったい、どんなつもりだったのかしら。

お葉が絶対としている道庵の医の心を、踏みにじられたような気がしてくる。

医者にだっていろいろな考えの者がいるとは分かっているが、それでもお葉は、道庵を否定するような真似をした源信が、腹立たしく思えた。

その反面、道庵が舌を巻くほどに呑《の》み込みが早かったという源信に、どこか引け目を感じてしまう。

お葉はまだ薬の名を間違えてしまうことがあるし、道庵に言われた生薬を取り出す時に、まごついてしまうこともある。漢字だってようやく覚えられてきたところだ。

――きっと私が一年かかるところを、源信さんは一月ぐらいでできてしまったのでしょうね。……本当にこんな自分が、道庵先生の弟子でよいのかしら。

そのような思いに囚《とら》われ、お葉はまた自信がなくなってきてしまう。

源信を見習いたいとは思わないが、学問に優れていたり、医者としての腕がよいことは、素直に羨《うらや》ましい。

――私ももっと早く、いろいろなことを覚えられればなあ。そうすれば、もっと先生を支えて差し上げることができるのに。

お葉は溜息をつき、暫《しば》し考えていたが、源信は源信、自分は自分と思い直す。そして筆を持って、帳面に走らせた。

《いろいろな医者がいて　医の心もさまざま　でも私は道庵先生の医の心を　もっ

とも見習いたい》

正直な気持ちを記すと、お葉の心は、不思議なほどに落ち着いた。

医術の仕事を続けていけば、これから先、いろいろな医者に接することもあるだろう。源信のように生意気な者や、癖のある者たちだっているに違いない。

だがお葉は、そのような者たちに惑わされることなく、道庵の背中を追い続けることを決意する。

医心帖を閉じると、お葉は腰を上げ、雨戸を少し開いた。冷たい夜風が、頭をすっきりさせてくれる。青白く光る星を眺めながら、お葉は亡き両親を思い出した。

——お父つぁん、おっ母《か》さん、見守っていてね。こんな私でも、道庵先生のお役に立てるように。

お葉は願いを籠《こ》めて、空にいる両親に語りかける。星々は穏やかな光を発して、煌《きら》めいていた。

三

道庵もかつての弟子が気になったのか、生薬を卸してもらっている日本橋《にほんばし》は本町《ほんちょう》の薬種問屋〈梅光堂《ばいこうどう》〉へと赴き、懇意である主人の光吉郎《こうきちろう》から話をいろいろ聞いてきた。ほかにも知り合いの医者などに訊《き》き回り、知り得たことをお葉に教えてくれた。

道庵の話によると、源信は長崎で蘭方《らんぽう》医学を学んだ気鋭の医者との触れ込みで、日本橋は富沢町《とみざわちょう》に診療所を構えているという。源信にはすぐに診療所を用意してくれる、贔屓筋《ひいきすじ》もついているようだった。

道庵は顎《あご》を撫《な》でながら、微《かす》かな笑みを浮かべた。

「源信の奴、なかなか好調にやっているようだ。頼もしいぜ。まあ、あいつのことだから、ゆくゆくは藩医でも目指しているんだろう」

お葉は胸に手を当てて、目を瞬かせた。

「藩医って……藩のお抱えのお医者ということですか？」

「うむ。あいつだったら、町人の身分でも、なれるんじゃねえかな。藩によっては、江戸上屋敷に出仕する藩医を、腕利きの町医者から抜擢《ばってき》することもあるんだ。まあ、いくら源信が腕がよいといっても、長崎から帰ってきてすぐには声がかからんだろうから、暫《しばら》くは町医者の立場に甘んじてみよう、ってとこじゃねえかな。あいつなら御目見医師《おめみえいし》、奥医師まで目指しているかもしれん」

御目見医師とは将軍に御目見を許された医者であり、奥医師になれば将軍とその家族たちの診療にあたる。それらと藩医を併せて、御典医《ごてんい》と呼ぶが、いずれも評判の高い町医者からも抜擢されることがあった。

お葉は無言のまま、うつむいた。道庵を信奉するお葉としては、源信が道庵を追い越そうとしていることが、正直、面白くない。

――お弟子だったというのに、なんだか生意気な人だわ。

膨れっ面になったお葉を眺め、道庵は笑った。

「なにを機嫌悪くなっているんだ。お葉、もっと心を広く持て。俺以外にも優れている医者は山ほどいる。それらの者たちのよいところは、やはり学び取っていくべきだぜ。源信のよいところもな」

「……よいところなど、あるのでしょうか」

野心に満ちた源信は、飄々《ひょうひょう》とした道庵とは真逆で、お葉の目にはいかにも俗物に映る。

「あいつのよいところとは、あの怖いもの知らずの、自信だろう。医者の務めってのは、ひたすら患者を治すことだ。それには自信ってのも必要なんだ。まあ、過剰になれば危険だけどよ」

お葉はちらと道庵を見る。あれほど皆に慕われているのだから、道庵だって医者としての自信があると分かっているが、やはり源信のそれとはどこか違う。道庵の自信はお葉を勇気づけるが、源信のそれはなにやらお葉を不快にさせる。

――秘めた自信と、剝《む》き出しの自信の差かしら。静かなる自信と、うるさい自信の違いとも言えるわね。

自信といってもいろいろな種類があるのだと、お葉はまた一つ学ぶ。お葉は姿勢を正して、道庵に返した。

「源信さんが、過剰な自信にならないことを願います」

「そうなりそうになったら、お前が諫《いさ》めてやれ」

「……あまり、親しくはなりたくありませんが」

頑《かたく》ななお葉に、道庵は苦笑いだ。

「お前さ、源信は仮にも長崎帰りの医者なんだから、先生って呼んでやれ。お前より先に俺の弟子だった者だからな。それぐらいの敬意を払ってやってもいいじゃねえか」

「考えておきます」

お葉はにこりともせずに、白い小袖《こそで》の衿《えり》元を直した。

診療所を仕舞う頃、お繁が訪れた。静乃の具合が気懸かりのようだ。そこでお繁にも、診てもらうことにした。

静乃の容態は相変わらずだった。出血は少なくなってきたものの、顔色が悪く、傷口もなかなか塞《ふさ》がらない。そこで道庵は、薬を変えることにした。お葉にも話した、神仙太乙膏《しんせんたいいっこう》だ。当帰《とうき》、桂皮《けいひ》、芍薬《しゃくやく》、地黄《じおう》、大黄《だいおう》、玄参《げんじん》、白芷《びゃくし》の生薬と、胡麻油《ごまあぶら》、蜜蠟《みつろう》を併せて作るこの塗り薬は、広く万能に使える。炎症を抑え、痛みを鎮め、腫《は》れや化膿《かのう》に優れた効き目を現すのだ。

お繁にも手伝ってもらって道庵が薬を作り、それをお葉が静乃の患部へと丁寧に塗った。

「お薬を変えたので、少し沁《し》みるかもしれませんが我慢してくださいね」

お葉は優しく声をかけ、静乃の気持ちを和らげようとする。だが、かなり沁みるようで、静乃は顔を歪《ゆが》め、唇を噛《か》み締めた。

――大丈夫かしら。この薬は、古くから万能と言われているようだから、今度こそ傷口が塞がってくれると思うのだけれど。

不安が込み上げ、お葉は祈るような思いで薬を塗る。途中でお繁が入ってきて、静乃を励ましつつ傷口を確かめ、お葉に目配《めくば》せをすると部屋を出ていった。

お葉は薬を塗り終えると、煎《せん》じ薬の芎帰膠艾湯《きゅうききょうがいとう》も、匙《さじ》で掬《すく》って、静乃に飲ませた。煎じ薬は主に、食間か食前に服用する。

地黄や芍薬に、艾葉《がいよう》や阿膠《あきょう》を併せて作るこの薬には、下半身の出血に効き目がある。ちなみに阿膠とは、驢《ろ》馬《ば》や牛の皮を長時間煮出して作る膠《にかわ》であり、止血及び補血の効果を持つ。

「少ししましたら、夕餉《ゆうげ》をお持ちしますね」

お葉が微笑むも、静乃は微かに首を振った。

「あまり……食べたくなくて」

お葉は静乃の目をじっと見つめた。

「いえ、少しは召し上がってください。しっかり滋養を取ることは、傷口の回復にも繋《つな》がりますので。お願いいたします」

「……分かりました」

静乃はか細い声で答え、目を伏せる。お葉は薬を飲ませ終えると、養生部屋を出た。

襖《ふすま》を静かに閉め、小さな溜息《ためいき》をつく。お葉は道庵が作る薬に全幅の信頼を寄せているが、今度ばかりは、あの裂傷が本当にそれだけで治るかどうか、不安になってきたのだ。

――先生もお繁さんも、女子胞の中は傷ついていないようだと仰《おつしや》っていたわ。それは本当によかったけれど、外の傷でも治り切らなければ、いろいろな影響を及ぼすわよね。

女人の急所にできた傷であるがゆえ、お葉の心配は募る。静乃はお葉と同じ歳なのだ。その静乃のこれからの人生を慮《おもんぱか》れば、お葉はどうしても傷を完治させてあげたかった。


道庵とお繁は、診療部屋でお葉を待っていた。行灯《あんどん》の明かりの中、三人で静乃の容態について話し合った。

「思ったよりも治りにくい傷みてえだな」

溜息をつく道庵に、お繁が言った。

「でも、少しずつですが、よくはなっていますよ。膿《うみ》はなくなってきていますしね」

「それは私も思いました。腫れも引いてきましたよね」

お葉が同調すると、お繁は頷《うなず》いた。

「要は、傷口が塞がるか否かってことですよ。神仙太乙膏ならば効きますでしょうが」

「うむ。強力な生薬を併せているからな。だが、あれが万が一に効かなかった場合、どうするかだ。あれ以上に強力な薬を、自ら作るしかねえのか」

道庵は額に手を当て、天を仰ぐ。お葉の胸の内は複雑だった。

——腕がよいと崇《あが》められる道庵先生でも、治せないことがあるのかしら。

考えてみれば、それは当然なのかもしれない。医者は神ではないのだから。お葉は正直、弱気になっている道庵を見たくはないが、道庵が弱気になっているからこそ、何としても力添えしたいと思う。

お繁が言った。

「飲み薬も変えてみてもいいかもしれませんね」

「そうだな。だが、今飲ませている芎帰膠艾湯もかなり強力だから、こちらはまだ続けてみてもいいとは思うのだが」

道庵が眉根《まゆね》を寄せたところで、閉めた戸が叩《たた》かれた。お葉たち三人は顔を見合せる。

お葉は腰を上げ、土間へ下りて声をかけた。

「どちら様ですか」

すると、寒気を震わすような、凜《りん》とした声が返ってきた。

「竜海《たつみ》源信だ。日本橋で診療所を開いている。道庵先生に話があって参った」

お葉は思わず胸に手を当て、道庵を振り返った。道庵は顔を引き締め、ゆっくりと頷いた。

お葉が戸を開けると、源信が立っていた。源信は端整な顔に、相変わらずに不敵な笑みを浮かべている。お葉は微《かす》かに後ずさった。

道庵も出てきて、低い声を響かせた。

「久しぶりだな。元気そうじゃねえか」

「先生もお元気そうで」

二人の目が合う。道庵は顎《あご》で促した。

「まあ、上がりな」

「お邪魔する」

源信は上がり框《がまち》を踏み、診療部屋を不躾《ぶしつけ》に眺め回した。

道庵は源信を居間へと通そうとしたが、源信は断った。

「いいよ。ここで話そう」

言うなり源信は、診療部屋に敷いた毛氈《もうせん》の上に、どっかと腰を下ろす。その態度と、道庵をかつての師とも思わぬような口ぶりに、お葉はなにやら気圧《けお》されてしまう。

お葉は戸惑いつつも、急いでお茶を淹《い》れて出した。道庵とお繁にも新しく淹れ直す。お茶を啜《すす》る源信に、道庵が訊《たず》ねた。

「俺に話があるみてえだが、この二人がいてもいいかい？　一応、紹介しとくぜ。こちらは、近所で産婆の仕事をしているお繁さん。うちにもよく手伝いにきてくれている。そして、こっちが」

源信が遮った。

「お繁さんのことは覚えているよ。手伝いにきてくれているのなら、先生、ちゃんと謝礼は渡しているよな」

鋭い指摘に、道庵は一瞬、口ごもる。

「まあ、それはだな、いつもいつもは渡してはいねえが」

お繁が源信に微笑んだ。

「いいんですよ。私は好きでお手伝いさせてもらっているんですから。それより、私のことを覚えていてくださって、嬉《うれ》しいですよ。ずいぶんご立派になられましたね。源信先生と呼ばせていただきます」

源信は腕を組み、顎を少し上げた。

「お繁さん、働いた分の賃金は求めなければ駄目だよ」

「いいんですって。それに、時折お礼をいただいていますから。ご心配なく」

「時折だろう。そのお礼というのも、どうせ野菜とか水菓子（果物）なんかじゃないのか？　だって先生自身が、そのようなものを患者からもらって満足しているのだからな」

源信が、ふふんと笑ったので、お葉は眉根を寄せた。道庵がなにやら小莫迦《こばか》にされたようで、お葉の面持ちが険しくなる。

源信はお葉に目をやりながら、道庵に訊ねた。

「で、こちらのお嬢ちゃんは、先生の新しいお内儀《かみ》さんか」

道庵は苦々しい顔で答えた。

「莫迦言え。俺の新しい弟子の、お葉だ」

源信は目を丸くした。

「弟子？　このお嬢ちゃんが？」

「そうだ。弟子になって四月も経っていねえがな。もう薬も作れるし、手当てだって上手《うま》い。有望だ」

「ふうん。見たところ幼いが、先生がそう言うのなら、しっかりしているんだろう。お嬢ちゃん、いくつだい?」

訊ねられても、お葉は答える気になれない。お嬢ちゃん、という言い方が、からかわれているようで不快なのだ。

するとと道庵が代わりに答えた。

「十七だ。お前の後輩だから、まあ、よろしくな」

「やはり歳の割に幼いなあ。お嬢ちゃん、道庵先生に文句があるようだったら、はっきり言わなくちゃ駄目だぜ。給金のことでも、医術に対する考え方でも」

お葉は源信を真っすぐに見つめ、口を開いた。

「私は、道庵先生に文句など少しもございませんので、ご心配なく」

すると源信はまたも鼻で笑った。

「弟子入りしたばかりだから、そんなことを言っていられるのさ。その考えも、段々と変わってくるよ。すると、古い道具しかない、この古ぼけた診療所に嫌気が差してくる」

「源信よ、やけに突っかかるじゃねえか」

道庵が低い声を響かせた。

行灯《あんどん》の明かりが、道庵そして源信を浮かび上がらせる。二人の間に、師匠と弟子らしからぬ微妙な緊迫感が漂っていることに、お葉は気づいた。道庵は源信のことを決して悪くは言わなかったが、やはり二人には何か仲違《なかたが》いがあったのだろうと、お葉は思った。

源信は道庵を見据えた。

「まあ、そんなことはどうでもいい。話をしようぜ。ここで預かっている娘のことだ。なかなか治らず、手を焼いているのではないか？」

道庵も源信を見据える。道庵は暫《しば》し無言だったが、また低い声を響かせた。

「調べたって訳か」

「訊《き》き回ったりはしていないよ。察したことを言ってみただけだ。で、娘はどんな具合か、教えてくれないか」

道庵と源信は睨《にら》み合う。お葉は胸に手を当て、二人を交互に見る。お繁は背筋を伸ばしたまま、身動き一つしない。

道庵はゆっくりと口を開き、静乃の容態を話した。源信は時折目を光らせながら、耳を傾けている。お葉は思った。

――こんな人に、正直なことを言ってしまっていいのかしら。

お葉の目に源信は、まだどうしても疑わしく映るのだ。

源信は道庵の話を聞き終えると、息をつき、目を擦《こす》った。

「ふうん。で、薬を必死に塗っているが、なかなか塞《ふさ》がらないというんだな。それで困っている、と」

「まあ、そういうことだ」

源信は道庵を見つめ、にやりと笑った。

「長崎で学んだ術を駆使して、俺が娘の傷口を完璧《かんぺき》に縫い合せてやるから、分け前を半分くれ」

お葉は目を見開いた。少しも悪びれずに、厚かましいことを平気で口にする源信に、心底驚いたのだ。お繁も目を皿にしている。

だが道庵は些《いささ》かも動じず、笑顔で返した。

「本当に完璧に縫合できるんだな？　ならば考えてやってもいいぜ」

かつての師匠と弟子の間で、火花が飛び散る。源信は診療所を見回し、溜息《ためいき》をついた。

「先生は未《いま》だに欲がないみたいだな。よく仙人みたいな暮らしをしていられるものだ。もっと貪欲《どんよく》に稼げば、新しい道具を買うことだって、作ることだって、できるのに」

二人の遣《や》り取りを聞きながら、お葉は薄々と気づいた。道庵と源信は、医者の姿勢について意見が真っ向から対立し、仲違いとなり、源信が道庵のもとを去っていったということに。

名誉や金に対する欲が皆無で、ひたすら患者を助けることに情熱を傾ける道庵。

名誉や金に対する欲が強く、ゆくゆくは藩医、それ以上をも目指していそうな源信。

このような二人がぶつかっても、仕方がなかったのだろう。

源信は、ここで預かっている娘が武家の身分であることも摑《つか》んでいた。齢《よわい》二十七の源信は、若いということもあって、野望の塊だ。娘の件で乗り出してきたのも、武家を相手に恩を売っておけば、後々、何かの役に立つと思ったからだろう。たとえば……いずれ、その武家のお抱え医者になれるかもしれない、などと。

ちなみに源信は江戸《えど》に戻ってきて、道庵に挨拶《あいさつ》するか否かを考えつつ、診療所の周りをうろついていたという。その時に、お忍びのようにして中へ入っていく娘と腰元を見かけた。すぐに武家の者だと気づき、娘の歩き方や腰（骨盤）の具合や、訳がありそうな趣から、堕胎が上手くいかなかったと直感したらしい。それから時折、診療所の様子を窺《うかが》っていたようだ。

お葉は源信の鋭さに驚きつつも、改めて、その言動に言い知れぬ不快感を抱いた。道庵の医の心を学んでいる途中のお葉は、源信に対してどうしても顔を顰《しか》めてしまう。

――お金や名誉のために患者さんを診るなんて、もってのほかだわ。

そのような考えが浮かんでくる。だが道庵とお繁が出した答えは違っていた。

「それほど自信があるのなら、傷口を縫ってくれ」

「私からもお願いします」

そう源信に頼んだのだ。源信はにやりと笑って引き受け、道庵を見つめた。

「先生も縫合ぐらいできるだろう。長崎で学んだことはあるんだから」

お葉はまたも目を見開いた。道庵も長崎に留学していたということを、この時、初めて知ったのだ。

道庵は苦い笑みを浮かべて、顎《あご》をさすった。

「遠い昔のことで、忘れちまったぜ」

「何を仰《おつしや》る。先生こそ、御典医になれるお人だったのに」

お葉は瞬きをすることも忘れ、膝《ひざ》の上で手を組む。

――言われてみれば、そうよね。道庵先生こそ、もっとご出世なさっていてもよいはずだわ。……長崎にご留学の経験があれば、なおさら。

源信に見据えられても、道庵は「忘れちまった」としか答えない。源信は肩を竦《すく》め、お葉に告げた。

「取りかかるから、患者がいる部屋へ案内してくれ」

「え……今からですか」

「そうだ。一刻も早く治したほうがよいだろう」

お葉は源信から目を逸《そ》らし、道庵を見た。

「お葉、支度をしてくれ。もちろん俺とお繁さんも手伝う」

「……かしこまりました」

お葉は一礼し、源信を養生部屋へと案内した。

突然、若い男の医者が現れたので、静乃は不安げな面持ちになる。お葉は静乃の肩を優しくさすり、宥《なだ》めた。

「こちらは、長崎で医術を学んで帰っていらした源信先生です。進んだ技術を学ばれているので、これから源信先生にもお力添えしていただこうと思います」

静乃は頷《うなず》くも、その目には怯《おび》えが浮かんでいる。源信はお葉に告げた。

「患者と二人で話し合いたい。その間、麻沸散《まふっさん》を作ってくれ」

麻沸散とは、千六百年以上前、後漢《ごかん》の医者であった華佗《かだ》が編み出した、おそらく最古の麻酔薬だ。華佗はその麻沸散を使って、腹部切開手術を行ったという。

麻沸散のことは道庵から聞いて知ってはいたが、お葉は戸惑ってしまった。作ったことなどないからだ。

それを正直に話すと、源信は大きな溜息をつき、強い口調で言った。

「それぐらい作れなくては、弟子とは言えないだろう」

「……申し訳ございません」

源信に呆《あき》れられ、お葉は眉根《まゆね》を寄せる。情けないような、悔しいような、腹立たしいような、複雑な思いが込み上げた。

「ならば道庵先生に、麻沸散を作ってもらうよう伝えてくれ」

「はい」

お葉は養生部屋に源信を残して、急いで道庵のもとへと戻った。

華岡青洲《はなおかせいしゅう》も今から二十年前の文化《ぶんか》元年（一八〇四）、自ら編み出した麻沸散を用いて、乳癌の摘出手術に成功している。

華佗の麻沸散は実態がよく分からぬものであるが、それを真似つつ、青洲は独自に作った。だが、青洲はその作り方を自分のもとで修業を積んだ弟子にしか教えず、世間に流出させていない。適切に用いなければ、非常に危険な薬だからだ。

現に麻沸散を完成させるまでに、青洲は自分の妻と母親の躰《からだ》を使って効き目を試しているが、その結果、妻は失明し、母親は亡くなっている。それほどの犠牲を払って、ようやく作り出した薬なのだ。

そのような危険な薬を、道庵が患者に用いる訳はなく、作っているところを、お葉は今まで見たことがない。それに道庵は本道（内科）の医者であるから、蘭方《らんぽう》医のように手術をすることもないので、麻沸散など必要がない。それゆえ、お葉は懸念する。

――いくら道庵先生でも、麻沸散はお作りになれないのでは……。

もし麻沸散を作ることができなかったら、源信はそれを用いずに静乃の手術をするのだろうか。

――裂けたところを縫い合せるのだから、切って悪いところを取り出すよりは幾分ましかもしれないけれど、それでも痛いでしょうに。

お葉は顔を強張《こわば》らせつつ、道庵に告げた。

「源信先生が、麻沸散の用意をしてほしいと仰《おつしや》っています」

行灯《あんどん》が灯《とも》る診療部屋のちょうど真ん中あたりに、道庵は腰を下ろしている。明かりが道庵の顔を照らす。皺《しわ》が刻まれた目尻《めじり》が、微《かす》かに動いた。

「分かった。二人とも手伝ってくれ」

道庵は立ち上がり、奥の薬部屋へと向かう。お繁とお葉はその後に続いた。

道庵に指示された薬を百味簞笥《だんす》の中から取り出しながら、お繁がおずおずと訊《たず》ねた。

「先生、麻沸散をお使いになったことはあるのですか」

「うむ。長崎にいた時にな。あっちではもう何年も前から紅毛流《こうもうりゅう》外科ってのが広まっていて、人の躰を切ったり縫ったりする機会もあった」

薬研《やげん》の用意をしながら、道庵は淡々と答える。

道庵によると、紅毛流外科とは阿蘭陀《オランダ》商館医のカスパル・シャムベルゲルが広めたもので、それを学んだ伊良子道牛《いらこどうぎゅう》の弟子が大和見水《やまとけんすい》で、その見水の弟子が華岡青洲だという。

つまりは青洲の医術の知識の基盤となっているのは紅毛流外科であり、それを齧《かじ》ったことのある道庵は、青洲が編み出した麻沸散の処方を薄々と分かっているようだった。

「おそらく青洲先生は、その処方に、量を間違えると毒になるような薬を用いたんだろう。考えられるのは、烏兜《とりかぶと》だな」

烏兜の塊根を乾燥したものは生薬として用いられる。塊根の子根を附子《ぶし》、親根を烏頭《うず》と称し、扱い方が違う。附子は毒性が強く、生薬として用いられる場合は、弱毒処理が行われる。

お葉は息を呑《の》んだ。

「烏兜ですか」

「うむ。おそらく烏頭のほうを使って完成させたのだろうが、ちょうどよい分量を摑《つか》むまでが難しかったのだろう。だから、俺は烏兜は使わねえで作る」

お葉とお繁は声を揃えた。

「できるのですか？」

「朝鮮朝顔は少し使うがな。あとは、催眠の効き目があるものや、昂《たかぶ》りを抑えるものを交ぜてみるぜ。術後の回復のために、滋養を行き渡らせるものもな。縫うだけならば、それでも間に合うとは思う」

お葉とお繁は頷き合った。

「私もそれで大丈夫だと思います」

「少しの間、眠ってもらっていればいいんですものね。さすが道庵先生、頼もしいですよ」

百味簞笥には、一つの生薬を二つの形にして仕舞ってある。煎じ薬用に刻んだものと、散薬や丸薬用に粉にしたものだ。麻沸散は散薬なので、粉末のものを併せる。だが、道庵が処方した生薬のうち、朝鮮朝顔だけは粉末のものを用意していなかったので、急いでその種を薬研で碾《ひ》き始める。その役目は道庵が引き受け、お葉とお繁はほかの生薬の粉末を、匙《さじ》で調合していった。

この薬の効き目で、静乃が楽に手術を受けられますようにと、願いを籠《こ》めて。


麻沸散ができると、お葉たちはそれを持って養生部屋へと向かった。麻沸散が効いてくるのはだいたい一刻《いっとき》（およそ二時間）後とのことだが、人によって異なるそうなので、皆で看病しつつ様子を見るつもりだった。

「失礼します」

声をかけて中に入り、お葉は目を瞬かせた。源信が真剣な面持ちで、熱心に静乃を診ていたのだ。医者としては当然なのだろうが、お葉は少し意外な印象を受けた。

「なに、それほど大がかりな手術ではありません。少しの間、ゆったりした気分で寝ていていただければ、すぐに終わってしまいます。幸い、中は傷ついておりませんでしたから」

源信は、不安げな静乃を宥《なだ》めつつ、優しく丁寧に手術の説明をしている。

その横顔は道庵に少し似ていて、お葉はこの時初めて、二人が師弟関係だったことが分かったような気がした。

静乃は堕胎の時の恐怖が残っていて、これ以上、大切なところを傷つけたくないのだろう。縫い合せるという行為に、怖気《おじけ》づいてしまっても仕方がない。

静乃はか細い声で、源信に訊ねた。

「縫えば……本当に治るのでしょうか」

源信は優しい笑みを浮かべて頷く。

「治ります。私が必ず、治してみせます」

力強い言葉に、静乃もつられたかのように頷き返す。躊躇《ためら》いながらも、縫合手術を受けることを決意したみたいだ。

お葉は思った。

——源信先生も、道庵先生のように、患者さんを救いたい気持ちは同じなのだわ。

ただ……医者としての姿勢が違うだけなのでしょう。

道庵と源信の二人をしっかり手伝いたいと、お葉の身も引き締まる。源信に対する複雑な思いはあるが、それはひとまず置いておくことにした。源信がお葉に訊ねた。

「煎じ薬は何を飲ませているんだ」

「芎帰膠艾湯《きゅうききょうがいとう》です」

「まだ残っているか」

「先ほど全部飲ませてしまいました」

「ならば作っておいてくれ。一応、独参湯《どくじんとう》も頼む」

するとお繁が申し出た。

「私が作っておきます。お葉はここで、先生方を手伝うように」

「はい」

お葉とお繁は頷《うなず》き合う。お繁は速やかに薬を作りにいった。

独参湯とは一種の気付け薬で、高麗人参《こうらいにんじん》のみで作られる。刀傷などによる出血過多で、自ら覚醒《かくせい》できなくなった者にも用いられる。手術の途中で万が一のことが起きた場合を考えて、源信は独参湯の用意を頼んだのだろう。

お葉は静乃に、道庵が作った麻沸散を飲ませた。道庵は、朝鮮朝顔のほか、山梔子《さんしし》、当帰《とうき》、川芎《せんきゅう》、白芷《びゃくし》などを併せて作った。

夜も更けてきて疲れていたからだろう、暫《しば》くすると静乃は寝息を立て始めた。眠りに落ちる前、静乃はお葉に願った。手術の間、手を握っていてほしい、と。お葉は笑顔で頷いた。

だがお葉は、本当は手術をするところを見たくはなかった。やはり怖いのだ。しかし約束してしまった以上、ここから離れる訳にはいかなかった。

お葉は微かに震えながらも手術に立ち会い、静乃に頼まれたように、手をずっと握っていた。

道庵も立ち会い、源信を手伝った。源信は道具一式を持ってきていたので、源信に言われたものを、すぐさま取り出す。

「もっと細い針を頼む」

すると道庵は針に見合った糸を選び、針に装着して源信に渡す。源信の道具箱の中には、華岡青洲が使ったといわれる絹糸も入っている。ほかにもこの診療所では目にしないような、高価そうな道具が並んでいた。

なによりも驚いたのは、源信の速やかさだった。源信は、それは手際よく縫い合せ、お葉は目を瞠《みは》った。

その間、静乃は微かな呻《うめ》き声を上げ、何度か身を捩《よじ》らせたが、目を覚まして叫ぶようなことはなかった。

縫い終えると、源信は息をついた。

「これで大丈夫だ。少し経ったら、薬を塗ってくれ」

「かしこまりました」

お葉は源信に頷く。静乃の手は温まってきていた。道庵は急いで盥《たらい》の水を取り替え、持ってきた。

「ご苦労。腕を上げたな、先生」

かつての師匠に先生と呼ばれ、源信は満更でもなさそうだ。手をしっかりと濯《すす》ぎ、道庵から手ぬぐいを受け取ってから、源信はお葉を見つめた。

「お葉ちゃんは手術に立ち会うのは初めてだったみたいだから、うるさくは言わない。でも、道庵先生がしていたことは本来、お葉ちゃんがやるべきことだ。医術の道を目指すなら、覚えるべきことはまだまだあるぜ。やっていけるかい？」

お葉はうつむき、唇を噛《か》み締める。悔しいからではない。源信の言うとおりだと思ったからだ。

初めて経験する手術の緊張に呑《の》み込まれ、静乃に頼まれたとは言っても自分はただ彼女の手を握っていただけだったと反省する。やはり自分は源信のようにはいかないと引け目を感じつつ、お葉は素直に頭を下げた。

「行き届かず、申し訳ありませんでした。気持ちを引き締め、精進して参ります」

源信は苦い笑みを浮かべた。

「いや、そんなにかしこまらないでいいよ。まあ、道庵先生のような本道の医者に師事しているぶんには、今みたいな手術なんて関係ないしな。でも、見ておいてよかっただろう」

「はい。とても勉強になりました」

それはお葉の本心だった。人の皮膚を縫い合せるという技術を目にして、お葉は感嘆すると同時に、医術の底知れぬ奥深さを感じたのだ。

静乃はぼんやりとした面持ちで、瞬きをしている。

「もう終わりましたよ。痛くありませんか」

お葉が訊《たず》ねると、静乃は微《かす》かに首を横に振る。傷口はしっかり縫合され、出血は完全に止まり、静乃はまた寝息を立て始めた。

お葉たちは頷き合った。手術は成功したようだ。

三人は、揃って静かに部屋を出た。診療部屋では、お繁が薬を作り終えて、待っていた。お繁は、戻ってきた三人にお茶を配った。

それを一口啜《すす》り、道庵が声を響かせた。

「皆、ご苦労だった。だが、この後が肝腎《かんじん》だから、気を抜かず、静乃様の手当てを続けよう」

「はい。しっかり務めます」

四人で力を併せて静乃を助けることができたと、お葉の胸はほんのり温《ぬく》もる。

だが……源信の言葉が打ち壊した。

「そんなに気張らなくても、もう大丈夫だよ。俺が縫ったんだから。金は改めて受け取りにくる。俺の活躍のおかげだから、七割ぐらいはほしいところだが、まあ折半ということでよろしく」

源信は目配《めくば》せをし、速やかに立ち去ろうとする。戸を出ようとしたところで振り返り、声を上げた。

「先生、もらえるものは、ちゃんともらっといてくれよ！　先生だって腕がいいんだから、いつまでも貧乏医者なんかやってるんじゃねえよ！」

そして戸を荒々しく閉めて、帰っていった。源信の憎々しげな態度に、お葉は打って変わって膨れっ面になる。

――さっき道庵先生に似ているってちょっと思ったけれど、やはり似ていないわ！　なによ、あの態度は。偉そうに！

源信に引け目を感じつつも怒りが素直に込み上げてくるのは、道庵への敬意ゆえだろうか。

道庵とお繁は、お葉の機嫌が悪くなったことに気づき、宥めた。

「源信はああいう奴なんだ。あいつの言っていることを、いちいち真に受けるのはよせ」

「昔から生意気なところはあったんだよ。まあ、若いってことさ。道庵先生だって若い頃は破落戸《ごろつき》と喧嘩《けんか》したりしていたんだから、お葉、源信先生のことも大目に見ておやり」

二人が言わんとしていることは分かるが、それでもお葉の腹の虫は治まらない。かっかしながら、お葉は不意に気づいた。源信が小さな糸切鋏《いときりばさみ》を忘れていったことを。急いでいて、道具箱から落としたことに気づかなかったようだ。

お葉はそれを摑《つか》んで、飛び出していった。どうしてか勝手に躰《からだ》が動いてしまったのだ。

月明かりを頼りにお葉は源信を追いかけていき、それを渡して、息を荒《あら》らげながら訊ねた。

「道庵先生は、以前から今のような方だったのですか」

目をゆっくりと瞬かせる源信に、お葉は続けて訊《き》いた。

「仰《おっしゃ》いましたよね。道庵先生こそ、長崎から帰ってきて御典医になれる人だった、って。どうして先生は、何の欲もなく、町医者で満足なさっているのでしょう。もともと、そのようなご性分なのでしょうか」

それは、手術の間もずっと胸に引っかかっていたことだった。

源信は、お葉に忘れ物を届けてもらった礼を言い、こう答えた。

「そのことは、いつか詳しく教えてあげるよ。今日はもう遅いから、早く帰りな」

「必ず教えてくれますね」

「もちろん」

お葉は源信と約束を交わし、診療所へと戻った。その途中、お葉は考えていた。

――道庵先生にだって、若い頃があったのだわ。若い男の人なら、源信先生のように、野心に燃えていて当然なのかもしれない。道庵先生は、どうだったのかしら。

いったいどうして、今みたいに、患者さんを救うことだけで満足するようになったのでしょう。もともと、そのような医者を目指していたのかしら。

お葉は道庵の医の心を知るにつれ、どうしてそこへ辿《たど》り着いたのか、道庵の来し方がいっそう気に懸かるようになっている。

そして、そのことを詳しく知っていそうな源信の出現に、お葉の心はざわめくのだった。

四

手術が成功して、静乃の躰は徐々によくなってきた。出血はなくなり、縫合と塗り薬と飲み薬が、相俟《あいま》って効いているようだ。

お葉が熱心な看病を続けるうちに、静乃はお葉に心を開き、少しずつ、こうなった経緯を話し始めた。

静乃には、禄高《ろくだか》五千石の大番頭《おおばんがしら》の息子との縁談が進んでいた。大番頭は、大番組の長である。大番組も幕府の五番方の一つで、江戸城及び江戸市中の警護を担っている。五番方の家柄同士、周りからはよい縁談と思われていただろう。

だが静乃は、家臣である右筆《ゆうひつ》の男と、密かに恋仲であったのだ。右筆とは、文書や記録を司《つかさど》る者である。堕《お》ろしたのは、その男との間にできた子だったという。つまりは身分違いの恋であり、縁談には両親が大いに乗り気だったので相談することもできず、焦って自分で決断してしまったようだ。

静乃が恋仲だったのは、齢《よわい》二十三の奥山尚之介《おくやましょうのすけ》。静乃は、尚之介との馴《な》れ初めも、ぽつぽつと語った。

静乃は予《かね》てから、物静かで字が上手《うま》い尚之介に、密かに惹《ひ》かれていた。自分に振り向いてほしいという思いが、ある時、静乃に悪戯《いたずら》心を起こさせた。静乃は、尚之介に恋文の代筆を頼んだのだ。静乃は尚之介の前で熱烈な恋心を話し、尚之介は淡々とそれを紙に記した。書き上げた時、尚之介は静乃に一言訊ねた。お父上様やお母上様はご承諾されているのですか、と。静乃は微笑みながら答えた。さあ、どうかしら、と。尚之介は、それ以上は何も訊かなかった。

そして静乃はある腰元に小遣いを渡し、その恋文を尚之介に届けてもらった。だが、何の返事もないので嫌われたのかと落ち込んでいたら、数日後に文が結ばれた梅の切り枝が届いた。

結び文を開けてみると、尚之介の美しい文字で、こう書かれていた。

〈ご冗談でも　とても嬉《うれ》しかったです〉と。

それを読み、静乃は笑みを浮かべたが、どうしてか涙もつっと流れたという。尚之介に対する愛《いと》しさは、ますます募っていった。尚之介もまた然《しか》りで、互いに思いを抑えることができなかったようだ。

静乃は話し終えると、涙をこぼした。静乃は、尚之介を、本当に好いていたのだ。尚之介に子ができたことを告げたかったが、それが明るみに出れば、尚之介は静乃の父親に斬り殺されかねない。それゆえどうしても言うことができなかったという。

恋文の悪戯を仕掛けたのは静乃だったのであるから、自分が先に尚之介を誘ったのだと、深い責任を感じているようだ。

静乃の気持ちが分かり、お葉の胸も痛む。だが武家のことなので、どうすることもできず、お葉は落ち込むばかりだった。

そのような折、静乃の術後の様子を見に、源信がふらりと訪れた。

ちょうど道庵は一人で往診に出ていて、お葉が留守番をしている時だった。道庵はいつもは往診にお葉を連れていくが、患者が男で性病に罹《かか》っているような時は、一人で診にいく。宅診の場合も、そのような患者が来ると、道庵はさりげなくお葉を診療部屋から離れさせていた。

道庵が留守にしていたので、源信は唇を尖《とが》らせた。

「じゃあ、分け前の話はできないな」

憎まれ口を叩《たた》きながら診療所に上がり込み、静乃の具合を診て、満足げに頷《うなず》いた。

「順調に治っていらっしゃいます。そのうち縫った痕《あと》も分からぬほどに綺麗《きれい》になりますよ」

「ありがとうございます」

静乃は生気のない面持ちで、弱々しく礼を言った。


お葉は源信を引き止め、お茶を出すことにした。道庵の来し方を聞けるかもしれないという期待もあったし、静乃の悩みを相談したいようにも思った。

診療部屋でお茶と最中《もなか》を味わいつつ、源信はふと口にした。

「静乃様、躰はよくなってきているのに、なにやら元気がないな。ちゃんと召し上がっているかい」

「はい。残さずお召し上がりになっています」

「そうか。ならばよい」

源信はさほど気にしてもいないようで、あっという間に最中を食べ終える。お葉は思い切って話した。

「静乃様、身分違いの恋で悩んでいらっしゃるのです。それにほかの方との縁談話が絡んで、あのようなことに……。静乃様、心を痛めてしまわれているのです」

溜息《ためいき》をつくお葉に、源信は素っ気なく答えた。

「そりゃたいへんだねえ。でも、そんな恋愛話など俺には関係ない。静乃様の躰《からだ》が治ってくれさえすればいいんでね」

お葉は目を上げ、源信を見つめた。

「え？」

「言ったとおりだ。俺はあの方の病を治せばそれでいいんだ。それが俺の役目だ。俺は、あの方の相談役ではない」

お葉は眉根《まゆね》を寄せた。源信は患者の私事《わたくしごと》にはまったく興味がないようで、とにかく治すことしか考えておらず、そのあたりが冷たく感じられる。

お葉は姿勢を正した。

「道庵先生は、患者さんの気持ちになって患者さんを診ることが大切だと仰《おつしや》います。その先生の教えを、私も常に心がけています。源信先生は、腕は確かによろしいですが、とても患者さんの気持ちを分かっているようには思えません」

するとと源信はお葉をじっと見つめて、笑った。

「とてもじゃないが、患者一人一人の気持ちになって診ることなんてできないよ。患者は沢山いて、身分や性別だって一人一人違うんだからさ。医者にとって大切なのは、ただ一つ。患者の病を治すことだ。俺はそう思っている」

お葉と源信は、眼差《まなざ》しをぶつけ合う。寒い日の昼下り、風に吹かれて障子窓が音を立てる。お葉はまたも訊《たず》ねた。

「患者さんの気持ちなどは、考えなくてもよいと？」

「そうだ。病を治すのは、心ではなく、腕だ。俺にはそれがある」

自信に満ちた物言いに、お葉は言葉が返せない。源信は続けた。

「俺は、鋳掛職人と針子の間に生まれた次男坊だ。医者の家に生まれついた訳でもない。知識と腕を武器に、のし上がってやりたいんだよ。ぬくぬくと育った、生まれながらの坊ちゃん医者たちを見返してやりたくてね。金がなかったら、よい本だって買えないし、よい医術道具だって手に入らない。自分を高める勉強だってできないからな。腕を磨き続けなければ、沢山の病を治せない。道庵先生みたいに悠長なことはやっていられないんだ。……でも、患者を助けてやりたい気持ちは、先生と同じだぜ」

　窓から柔らかな日が差している。源信がお茶を啜《すす》る音が、診療部屋に響いた。

　お葉はこの時、源信という男が、少し分かったような気がした。我が強いが、悪い男ではないのかもしれない、と。

　道庵の来し方について訊《き》いてみたいと思いつつ、お葉はなんとなく言い出せない。お茶を飲み干すと、源信は立ち上がった。

「俺も仕事があるから、そろそろ帰るとしよう。先生によろしくな。お茶とお菓子、ご馳走《ちそう》さん」

　そう言って、源信は足音を立てて診療部屋を出ていく。お葉は追いかけ、一緒に土間へと下りた。

「あの……静乃様を診てくださって、ありがとうございました」

　一礼するお葉に、源信は微笑んだ。

「また来るよ。お葉ちゃんが淹《い》れてくれるお茶は旨《うま》いからな。その調子で、どんな煎《せん》じ薬も作れるようになってもらいたいもんだ」

　源信は目配《めくば》せし、帰っていった。その後ろ姿を眺めながら、お葉は首を傾げた。

　――源信先生は、私に少しは期待してくれているのかしら。

今にどんな薬でも作れるようになると、源信に信用されているとしたら、それはとても嬉しいことだ。厳しい目を持つ源信だから、なおさらである。

お葉はふと、同心の野木謙之助を思い浮かべた。謙之助だって仕事に対しては熱心だが、野望は特に感じられず、穏やかでゆったりとしている。それは、生まれながらの武士だからだろうか。

――野木様と違って、源信先生は生意気で憎ったらしいところもあるけれど、きっと根は悪い人ではないのよね。ただ……成功したいという気持ちが強いのだわ。

お葉は入口の前に佇《たたず》み、息をつく。道庵はまだ帰ってきそうにもなかった。

静乃の見舞いに、三津が訪れた。縫合が成功し、すっかり顔色がよくなった静乃を見て、三津は涙を流して喜んだ。

お葉は三津に繰り返し礼を言われたが、それゆえに、静乃から聞いた恋人のことを訊ね難くなってしまった。

静乃の体調はよくなったものの、子を堕《お》ろしたことを日に日に悔やむようになり、お葉は励ますも遣《や》り切れない。

――静乃様のお躰の傷が綺麗に治ったとしても、今のままでは、心の傷が残ってしまわれる。

お葉は鬱々《うつうつ》とし、道庵に静乃のことを相談してみた。

「そこは俺も気になるけどよ、人様の、しかもお武家の恋愛沙汰《ざた》だからなあ。難しいところだよな」

道庵の言葉に、お葉は頷くばかりだった。

睦月《むつき》も下旬になり、そろそろ梅が見頃になってきた。道庵の使いで薬種問屋の〈梅光堂〉に行った帰り、お葉は、診療所の周りをうろうろしている若い侍を見かけた。侍は、二十三、四ぐらいだろうか。優しげな面持ちで、繊細そうな趣だ。

――もしや、静乃様のお相手の方では。

お葉は息を呑《の》んだ。いったん診療所の中へ入り、道庵に生薬を渡すと、「すぐに戻って参ります」と告げて、再び外へ出た。道庵が自分を呼ぶ声が聞こえたが、今はそれどころではない。

お葉は侍の姿を目敏《めざと》く見つけ、そっと跡を尾《つ》けていった。侍はやはり、静乃の屋敷と思《おぼ》しきほうへと進んでいく。

薄紅に彩られた梅の木の傍で、お葉は思い切って侍に話しかけた。

「あの……。間違いならば申し訳ございません。静乃様のお屋敷の、お右筆の方でいらっしゃいますか」

侍は目を瞬かせ、項垂《うなだ》れた。やはり静乃の恋人の奥山尚之介だった。尚之介は、三津から聞き、静乃が診療所で養生していることを知っていたようだ。尚之介は涙ぐんだ。

「私のせいでこんなことに……お嬢様を深く傷つけてしまった」

お葉は訊ねた。

「どうなさるおつもりですか」

尚之介は項垂れつつも、はっきり答えた。

「お嬢様をあのような目に遭わせてしまったのだから、殿様と奥様に正直に話して、切腹いたす」

「そんな……はやまらないでください」

お葉は顔色を変えて引き止めるも、尚之介の心は決まっているようだ。お葉は懇願した。

「その前に、どうか一度だけでも、静乃様に会って差し上げてください。静乃様は、奥山様のことを思い続けていらっしゃるのです」

尚之介は大きく瞬きをして、目を伏せた。

「でも……お嬢様には、よい方とのご縁談が」

「私にはお武家のことはよく分かりませんが、静乃様が奥山様に会いたがっていらっしゃることは確かです。お願いです。奥山様のお顔をご覧になれば、静乃様、すっかりご病気が治られると思うのです。だから、お力を貸していただけませんか」

梅の香が、仄《ほの》かに甘く漂う中、尚之介は小さく頷《うなず》いた。


お葉は尚之介を連れて診療所へ戻り、静乃と会わせた。尚之介に会えた喜びで、静乃は咽《むせ》び泣いた。

尚之介は畳に頭を擦《こす》りつけ、声を震わせて、静乃に謝る。静乃は、もうやめて、と尚之介に言った。

「私が悪かったの。私が貴方《あなた》を本気で好いてしまったから」

静乃の素直な言葉が、尚之介の胸に響いたのだろう。尚之介は思わず静乃の肩を抱いた。静乃も涙をこぼしながら、尚之介にしがみつく。

――お二方の思いは、通い合っているようね。

お葉の胸は熱くなる。道庵も優しい眼差《まなざ》しで、二人を見守っていた。

手術から十日以上が経つと、静乃もすっかり身動きができるようになった。神仙《しんせん》太乙膏《たいっこう》は縫合してから塗り込むと、優れた効き目を現した。それに加えて、お葉が作る、大豆を主とした滋養のある料理も効いているのだろう。痛みがなくなり、静乃も嬉《うれ》しそうだ。

そろそろ屋敷に戻ることを考えなければならず、一度、静乃の母親も交えて相談しようということになった。

睦月晦日《みそか》（三十一日）の夜、診療所を仕舞った後で、三津に、静乃の母の久島静《ひさじましず》穂《ほ》を連れてきてもらった。道庵は、静穂に向き合った。

お葉は皆に、お茶と羊羹《ようかん》を出した。

道庵はお茶を啜って息をつくと、静穂に率直に訊《たず》ねた。

「お嬢様のお相手が、右筆の奥山様ということはご存じですよね」

静穂は目を伏せ、はい、と小声で答える。道庵とお葉は三津から聞いて、久島家には長男がおり、幸い家督を継ぐ者がいることは知っていた。道庵は続けた。

「お嬢様が子を喪《うしな》ってしまったことは残念至極ですが、命は助かったのです。僭越《せんえつ》ながらお願い申し上げます。どうかお二方を温かく見守っていただけませんでしょうか。お二方のお心は固いようです」

静穂は暫《しばら》く黙っていたが、口を開き、涙声で答えた。

「娘を追い詰めてしまったのは、親の責任でもあります。命を助けていただきましたこと、心よりお礼を申し上げます。……二人のこと、許してあげようと思います」

その時、診療部屋へ、静乃が現れた。娘の姿を見て、静穂は立ち上がった。静乃は母のもとへと走り寄った。

「お母上様……ありがとうございます」

静穂は娘の顔を両の手で包んだ。

「よくお顔を見せて。顔色がもとに戻ったわ。元気になったのね」

抱擁し合う母と娘を眺めながら、お葉は胸に手を当てた。

——静乃様、これでお躰《からだ》もお心も、健やかに戻られるわ。よかった、本当に。

静穂によると、次女がいるので、縁談話の相手には次女を薦めてみるとのことだ。相手が承諾してくれれば、丸く収まるだろう。

羊羹を味わいながら、皆で和んでいると、板戸が叩《たた》かれる音が響いた。急患かと思ってお葉が出ていくと、源信の姿があった。源信は悪びれずに言った。

「約束の金を受け取りにきたんだが」

「あ……はい。ちょっとお待ちください」

お葉は唇を尖らせつつ、診療部屋へ戻り、道庵にそっと声をかける。奥の薬部屋へ道庵を連れていき、源信のことを告げると、道庵は苦笑しながら用意していた包みを差し出した。

「この中に入っているから、あいつに渡してやれ」

「かしこまりました」

お葉は膨れっ面のまま道庵に一礼し、包みを手に、土間に戻った。それを源信に渡し、一応、訊ねてみる。

「静乃様のお母上様がお見えになっているんです。ご一緒にお茶でも飲んでいらっしゃいませんか」

源信は包みをさっさと袂《たもと》に仕舞い、にやりと笑った。

「いや、俺は金さえもらえばいいんでね。これで失礼する」

相変わらず憎々しい源信に、お葉は怒る気力もなくなり、呆《あき》れ始める。

だが源信はそう言いつつも、「ご挨拶《あいさつ》だけはしていこう」と、ずけずけと上がり込んだ。診療部屋に入り、源信は静乃に声をかけた。

「上手《うま》く縫い合せたので、今度ご懐妊されても、産めないなんてことは絶対にありませんよ。元気な子を、必ず産めます。お幸せに」

静乃は母親の静穂と一緒に、源信に改めて厚く礼を述べた。

源信は静乃たちに辞儀をして、さっさと帰っていく。お葉は後を追って外に出て、源信の背中に向かって声をかけた。

「約束、忘れないでください」

約束とは、もちろん、道庵の来し方を教えてくれるということだ。

源信は振り返り、お葉に微笑んだ。

「分かってる」

そしてまた前を向き、闇が広がる中を、提灯《ちょうちん》を手に急ぎ足で歩いていった。

第二章　俺の弔い

一

如月《きさらぎ》（二月）になり、冷たい風も少し和らいできた。梅見月とも呼ばれるこの時季は、町のあちらこちらから梅の花の芳香が漂ってくる。一日を終え、今日学んだことを医心帖《いしんちょう》に書き留めながら、お葉はふと障子窓に目をやった。

——夜の梅もよいものよね。いっそう芳しく感じるわ。

亡き父親に、古《いにしえ》の和歌にも夜の梅を詠んで名高いものがあると、教えてもらったことがある。懐かしく思い出していると、診療所の板戸を叩く音が響いた。叫び声まで聞こえてくる。

——急な患者さんに違いないわ。

お葉は顔を強張《こわば》らせ、立ち上がる。五つ半（午後九時）を過ぎているが、急な場合には時刻を問わず受け入れている。

お葉と道庵は、ほぼ同時に襖《ふすま》を開けた。道庵はお葉に目配《めくば》せし、足音を立てて診療部屋を横切り、土間へと下りた。お葉は診療部屋に佇《たたず》み、様子を窺《うかが》う。板戸の向こうから聞こえる叫び声に、なにやら覚えがあった。

――もしや、野木様ではないかしら。

お葉が気づいた時、道庵が板戸を開けた。そこには、やはり北町《きたまち》奉行所の定町廻《じようまちまわ》り同心《どうしん》である、齢《よわい》二十五の野木謙之助が立っていた。謙之助は岡っ引きと両側から挟むようにして、男を担いでいる。その男はぐったりとして、意識を喪っているようだ。謙之助は真剣な面持ちで、道庵に頼んだ。

「夜の見廻りをしていたところ、この近くで、この男が急に倒れたんだ。是非、先生に診てもらいたく、連れて参った」

もう一人、男が付き添っていたが、その者は倒れた男の友人のようだ。道庵は倒れた男の目を指で開き、じっくりと見た。

「卒中（脳卒中）かもしれませんな」

「大丈夫だろうか」

「倒れてすぐなら、助かる見込みはあります。おい、お葉、筵《むしろ》を持ってきてくれ」

「はい」

お葉は奥の部屋へと行き、筵を手に、土間へと向かう。道庵は謙之助たちに言った。

「早く寝かせましょう。立つ姿勢にさせているのはよくありません」

道庵も手伝い、男を筵に寝かせる。道庵はお葉にまたも命じた。

「座布団を用意しておけ」

「はい」

お葉は言われたとおり、きびきびと動き、急いで診療部屋の行灯《あんどん》も灯《とも》す。道庵と謙之助たちで、男を乗せた筵を引き摺《ず》り、診療部屋へ運んだ。

男を筵に寝かせたまま、道庵は座布団を、男の肩の下に置いた。

「こうして首を反らせると、呼吸が楽になるんです」

「なるほど」

緊張しているのだろう、夜はまだ冷えるというのに、謙之助は額に薄《うっす》らと汗を浮かべている。

それはお葉も同じで、必死に動揺を抑えていた。卒中が恐ろしいものだと分かっているからだ。一瞬にして命を奪うこともある。

道庵は男の目や脈を見たり、匂いを嗅《か》ぎながら、男の友人に訊《たず》ねた。

「ずいぶん酒を呑《の》んでいるみてえだが、普段からこんなに呑んでいるのかい」

「はい。とにかく酒好きで、今日も二人で呑んで、その帰りだったんです」

「呑んでる時に、頭が痛《いて》えとか、言ってなかったかい」

「そういえば、言っていました。風邪気味だったみたいで、本人はそれで頭が痛むと思っていたようです」

「そうか。卒中には違いねえが、助かりそうだな。血の塊（血栓）ができて、それが脳の血管を塞《ふさ》いじまったんだろう。お葉、急いで、地竜《じりゅう》を煎《せん》じてくれ」

「はい」

お葉は薬部屋へと向かい、緊張で手を微《かす》かに震わせながらも、速やかに薬を作り始める。

地竜とはミミズを乾燥したもので、解熱剤としてよく用いられるが、血の流れをよくするので、血管が詰まった卒中にも効き目を現す。

お葉は素早く地竜を煎じ、運んだ。道庵が男の唇を指で押し開け、お葉が匙《さじ》で少しずつ流し込む。謙之助と岡っ引きが提灯でしっかり照らしてくれるので、男の顔がはっきり見える。顔の右半分がだらりと垂れているようで、お葉に不安が込み上げた。だが、それを打ち消すように、祈りを籠《こ》めて薬を飲ませた。

飲ませ終えると、道庵が声を低めた。

「今夜が山だな。一晩持てば、命は助かるだろう」

男の友人が、眉根《まゆね》を寄せた。

「助かっても……痺《しび》れとかは残ってしまいますかね」

「まだ、なんとも言えねえな。まあ、こちらとしては、できる限り手は尽くすつもりだ」

謙之助が姿勢を正した。

「先生、礼を言う。こんな夜分に、よく診てくれた」

謙之助が深々と頭を下げると、続いて岡っ引きと男の友人もそれに倣う。道庵は眉を八の字にした。

「よしてください。町医者の務めですよ」

「いや、それでも先生には頭が下がる」

「そうですよ。診療所を開いている刻限以外は絶対に診ない、なんていう町医者が昨今では多いですもん」

岡っ引きが口を挟むと、男の友人も大きく頷《うなず》いた。

「早く診てもらえてよかったです。本当にありがとうございました」

友人の話によると、倒れた男は、今をときめく人気噺家《はなしか》（落語家）で真打《しんうち》とのことだ。真打とは、寄席《よせ》で取りを務めることができる、一流の芸を持っている者のことで、この格になると師匠と呼ばれる。

宵町亭円丞《よいまちていえんじょう》の名を、道庵や謙之助も知っていた。

円丞は身振り手振りを交えての勢いのある芸で、絶大な人気を博している。早口で愉快なことを喋《しゃべ》って、観客たちを爆笑させるのだ。

仕事が絶好調だった円丞は、女にも、とにかく人気があったという。やりたい放題で、大酒を呑んでは遊び回る日々を送っていたところ、卒中に襲われたようだった。

道庵は友人に訊ねた。

「円丞師匠はいくつだ」

「二十九です」

「かみさんはいないのか」

「前はいましたが、別れて、今は独り身ですよ」

「そうか」

道庵は顎《あご》を撫《な》でつつ、謙之助たちに告げた。

「もうすぐ木戸が仕舞ってしまうんで、お帰りください。師匠は私たちが責任を持って引き受けます」

「夜通し看《み》ることになるな。申し訳ない。迷惑でなければ、私はここに留《とど》まってもいいのだが。私でも少しぐらいは手伝えることがあるだろう」

謙之助はやる気を見せるも、道庵は丁重に断った。

「旦那《だんな》は明日も朝から仕事があるのですから、お引き留めする訳にはいきません。お帰りください」

一礼する道庵の隣で、お葉もそれに倣う。謙之助は頷いた。

「そうか。我儘《わがまま》を言って、すまなかった。では帰るとしよう。先生、後はよろしく頼む。お葉ちゃんもな」

「かしこまりました」

お葉は謙之助を真っすぐ見つめ、頷いた。

帰っていく謙之助たちを、お葉は外に出て見送った。謙之助はお葉に微笑んだ。

「いっそう、しっかりしてきたな」

お葉は含羞《はにか》みながら、首を微かに横に振った。

「いえ、まだまだです」

「謙遜《けんそん》するな。道庵先生に言われた薬をすぐに煎じたり、大したものだ。……まあ、お葉ちゃんのそういう控えめなところがよいのかもしれぬが。思い上がった心では、患者を熱心に手当てすることなど、できぬよな」

謙之助を見つめながら、お葉はふと、源信のことを思い出した。謙之助の変わらぬ穏やかさがいつにも増して心地よく感じるのは、源信に心を乱された後だからだろうか。

お葉は胸にそっと手を当てる。謙之助に、いつか源信のことを相談したいようにも思った。謙之助ならば、彼のような医者をどのように評するか、聞いてみたかったのだ。だが、その思いはまだ胸に秘めておく。

謙之助たちが帰っていくと、お葉はすぐに中に戻った。

道庵は円丞の様子を見ながら、お葉に言った。

「俺がついているから、お前は少し休め」

「いいえ。先生一人にお任せすることはできません。私も付き添います」

姿勢を正すお葉に、道庵は苦い笑みを浮かべる。

「まったく強情だな、お前は。じゃあ、交替で休むか。それならいいだろう。明日も診療所は開けるんだ。二人とも一睡もしなかったら、互いにへばっちまう」

「でも……やはり患者さんのことが心配なんです。急に、様子が変わったりしないか」

お葉は、昏睡《こんすい》している円丞を眺める。道庵は眼鏡を外して、眉間《みけん》を揉《も》んだ。

「卒中の患者を看るのは、お前は初めてだろうが、珍しい病でもないからな。特に今みてえに寒い時季には、罹《かか》る者が多いんだ。それゆえ俺は何度も卒中の患者を診ているが、俺の勘だと、師匠は助かるぜ。呼吸がしっかりしているし、この顔色ならば大丈夫だろう。脳の血管が、一時《いっとき》詰まっただけで、切れたりはしていねえと思う」

お葉は思わず眉根を寄せる。頭の中で血管が切れることを想像しただけで、その耐え難いであろう痛みが、伝わってきそうだ。

道庵はそれ以上は話さなかったが、一命を取り留めても、後遺症が懸念されることはお葉も分かっていた。意識がなくとも患者の前なので、道庵は口にしなかったのだろう。

道庵と相談して、やはり交替で休むことにした。先にお葉が仮眠を取ることになったが、その前に再び地竜を煎《せん》じて、道庵に渡した。

「ありがとよ。いざって時は、お葉が作ってくれたこれを飲ませるぜ」

「よろしくお願いします」

行灯《あんどん》の明かりの中、二人は微《かす》かに笑みを交わす。お葉は一礼し、診療部屋を離れた。


自分の部屋で八つ（午前二時）頃まで眠り、お葉は再び診療部屋へ行った。道庵と交替して、明け方まで眠ってもらうためだ。

「今度は先生がごゆっくりなさってください」

お葉が言うも、道庵は自分の部屋へ行こうとはせず、そのままごろりと横になる。お葉は目を瞬かせた。

「ここで寝られては、疲れが取れませんよ」

道庵は片腕を枕にして、薄目を開けた。

「患者がここで寝てんだ。俺だってここでいい。お葉、何かあったら起こしてくれ」

そしてまた目を閉じ、道庵はすぐさま小さな鼾《いびき》を掻《か》き始めた。お葉は呆気《あっけ》に取られながら、道庵を眺める。道庵は、円丞に寄り添うように横たわっていた。

朝が来て、すっかり明るくなった頃、円丞は目を開けた。道庵とお葉はひとまず胸を撫で下ろす。道庵は大きな声で円丞に話しかけた。

「聞こえるかい」

円丞が頷くと、道庵は円丞の目の前で手を広げた。

「俺の手が見えるかい」

円丞は再び頷《うなず》く。道庵は息をついた。

お葉は奥の部屋でまたも地竜を煎じて、円丞に飲ませた。それを飲み終えた円丞に、道庵は再び問いかけた。

「お前さんは円丞師匠だね。どこに住んでいるんだい」

話すことができるか、意識は定かか、確かめたいのだろう。円丞は丸い目をゆっくりと瞬かせ、声を出した。

「あ、し、新銀町《しんしろがねちょう》」

新銀町といえば、ここからそれほど離れていない。答えられるところをみると、頭にはそれほどの損傷はなかったようだ。だがお葉は円丞の顔色を見ながら、やはり不安が込み上げた。

　――お顔の右半分が、昨日はだらりとして見えたのに、今日は強張《こわば》っているように見えるわ。治るといいのだけれど。

　お葉は搔《か》い巻《まき》を丁寧に円丞にかけ直す。道庵が言った。

「もう動かしても大丈夫そうだ。お葉、手伝ってくれ」

「はい」

　昨日、道庵と謙之助たちがしたように、今日は道庵とお葉が円丞を乗せた筵《むしろ》を引きずって、養生部屋へと運んだ。まだ布団へ寝かせ直すことはせずに、筵に寝かせたまま搔い巻をかけている。

「背中がちいと痛いかもしれねえが、もう少し我慢してくれな」

　道庵が穏やかな声で言うと、円丞は道庵をじっと見つめて頷いた。

　それから道庵とお葉は急いで朝餉《あさげ》を食べ、いつもどおりに診療所を開けた。訪れる患者たちを診ながら、円丞の手当ても怠らない。非常に忙しく、道庵はお葉に頼んだ。

「お繁さんを呼んできてくれ。手が空いているようだったら、こちらを手伝ってもらおう」

「かしこまりました」

お葉は飛んでいき、お繁を連れて戻ってくると、道庵が言った。

「円丞師匠の薬を増やそう。お繁さん、続命湯《ぞくめいとう》の作り方を、お葉に教えてやってくれ」

「いいですよ」

お繁は引き受け、奥の部屋でお葉と一緒に作った。続命湯は、卒中の後遺症によく使われる薬である。

当帰《とうき》、川芎《せんきゆう》、桂皮《けいひ》の三つの生薬が主薬であり、それに麻黄《まおう》や石膏《せっこう》、人参、甘草《かんぞう》、生姜《しようきよう》、杏仁《きようにん》を併せて作る。

当帰、川芎、桂皮には、脳や手足を始め全身の血液の流れの改善の効果や、麻痺《まひ》や言葉のもつれを防ぐ効果がある。麻黄と石膏の組み合せには利尿作用があるので、浮腫《むく》みを取り、血液の流れの改善を助ける。人参、甘草、生姜は補気薬で、消化を改善し、全身の動きを高める。杏仁には咳《せき》を止めて痰《たん》を取る効果があり、言葉のもつれの改善にも作用する。

これらの生薬が組み合された続命湯は、その名のとおり、命を長らえさせ、恐ろしい卒中にも効果を現す。

お葉はその作り方を必死で覚え、眠っていた円丞を起こし、飲ませた。苦みがあったようで、円丞は顔を少し顰《しか》めたが、お葉に励まされ、飲み切った。

お葉は搔い巻の上から、円丞の肩を優しくさすった。

「お薬をちゃんと飲んでくださるので、嬉《うれ》しいです。治りも早くなりますよ」

「は……い」

円丞はお葉を見つめ、頷く。だが、その目に微かな不安が宿っていることに、お葉は気づいた。

――きっと、ご本人もちゃんともとのように戻れるか、心配なのだわ。

お葉は円丞を不安にさせぬよう、微笑みかけた。

「ごゆっくりなさってください。今晩からご飯もお出ししますね。召し上がれるようでしたら、召し上がってください」

円丞は、ありがとう、というように何度も頷く。お葉はおもむろに腰を上げ、養生部屋を出ていった。

昼過ぎに、道庵とお葉がお繁も交えて一休みしていると、謙之助が訪ねてきた。

円丞の様子が気になり、見にきたようだ。

謙之助は円丞を見舞い、診療部屋へ戻ると、改めて礼を述べた。

「熱心な手当てのおかげで、江戸の人気者を喪《うしな》わずに済んだ。……だが、再び高座に上がることはできるのだろうか」

謙之助の顔が、ふと曇る。道庵が答えた。

「昨日の今日ですからね。師匠がぼんやりしていても仕方ありませんよ。徐々に治していきます」

「道庵先生は、今までに卒中の患者を何人も治していらっしゃいますからね。もとのとおりに戻るのは難しいとしても、障りなく暮らせるぐらいにはなりますよ」

お繁が口を挟むと、謙之助は頷いた。

「私は医術には明るくないのでな。それに詳しい皆さんにお任せしよう。引き続き、よろしく頼む。師匠のこと、宵町亭の一門の者たちには言っておくので、後ほど、誰か見舞いにくるかもしれない」

「かしこまりました。一門の方々に、師匠を暫《しば》くうちでお預かりしますこと、お伝えください。必ず治してお返ししますので」

「分かった。伝えておく」

約束し、謙之助は帰っていった。

円丞は真打なので師匠と呼ばれているが、一門には円丞よりも位が上の者たちもいるようだ。一門の代表の円鏡《えんきょう》が、円丞の師匠とのことだった。

少しして、お繁は産婆の仕事に呼ばれて帰り、道庵は「すぐ戻る」と言って近所の患者に薬を届けにいった。

一人で留守番をしていると、源信がふらりと訪れたので、お葉は首を傾げた。

――まさか、今をときめく人気噺家《はなしか》がここで養生していると聞きつけて、やってきたのでは。

源信のことだからあり得ると、お葉は訝《いぶか》ってしまう。だが源信は、この近くの蕎《そ》麦屋《ばや》に食べにきたついでに、顔を出したようだった。源信は蕎麦が好物とのことで、江戸へ戻ってからは、旨《うま》いと評判の店を食べ歩いているらしい。

「今日の店も旨かったなあ。これ、土産の蕎麦饅頭《まんじゅう》。食ってみてよ」

源信は包みをお葉にぽんと渡し、欠伸《あくび》をする。包みはまだ温かい。お葉は眉《まゆ》を八の字にしつつ、一応、礼を言った。

「ありがとうございます」

「蕎麦屋で売ってたんだ。俺も一つ食ってみたが、餡《あん》がたっぷりで、いけるぜ」

包みの中から、甘やかな饅頭の匂いが漂う。お葉は訊《たず》ねた。

「源信先生は、お酒はお吞《の》みにならないのですか」

「いや、吞むよ。俺は酒も甘いもんも好きだが、酒は道庵先生ほど強くはない」

「さようですか。……お酒を吞み過ぎると、やはりよくないですよね。血管が詰まったり、切れやすくなったりするのですか」

源信はお葉を見つめた。

「まあ、吞み過ぎはいろいろと悪い影響を躰《からだ》に及ぼすよ。どうした。吞み過ぎの患者でも来たのか」

お葉は、昨夜から卒中の患者の手当てをしていることを話した。

「それで、考えていたのです。源信先生は、頭の手術をしたことがあるのだろうか、と」

源信は手を大きく横に振った。

「それは、さすがにない。やってみたいとは思うが、まだ無理だ」

「源信先生でも無理なことはあるのですね」

溜息《ためいき》をつくお葉に、源信は肩を竦《すく》めた。

「そりゃそうさ。いくら俺だって、頭を開いて、血の塊を取ったり、切れた血管を繋《つな》ぎ合せるなんてことは、できないよ」

「では、卒中は、薬で治すしか術《すべ》はないのでしょうか」

「今のところはそうだ。あとは、鍼《はり》も効くというけどな。道庵先生は鍼も得意だろう」

お葉は目を見開いた。

「鍼ですか」

「そうだ。血の流れをよくするからな。脳の病に効くツボもある」

そのような話をしていると、道庵が戻ってきて、源信は会釈をした。

「お邪魔してるぜ」

「おう、また来てたのか」

源信は苦い笑みを浮かべた。

「また、とはご挨拶《あいさつ》だな」

お葉は包みを、道庵に差し出した。

「蕎麦饅頭を届けてくださったんです。道庵先生も、お好きですよね」

「おう、好物だ。源信、お前もたまにはいいことをするじゃねえか」

饅頭の匂いに、道庵は顔をほころばせる。源信は口を尖《とが》らせた。

「二人で仲よく食べてくれ。暫く来ねえよ」

「おう、二度と来るな」

「いや、そう言われると明日にでもまた来たくなるぜ」

「じゃあ、今夜引っ越すかもしれねえ」

「可愛くねえなあ」

「お互い様だ」

笑顔で火花を散らし合う二人を、お葉ははらはらしつつ見守る。だが喧嘩《けんか》には至らず、俺も忙しいからと、源信は欠伸をしながら帰っていった。

道庵の指示で、お葉は円丞に地竜と続命湯の二種の薬を飲ませ続け、夕餉《ゆうげ》には芹《せり》と大根の葉を使った粥《かゆ》を出した。

お葉が匙《さじ》で掬《すく》って食べさせると、円丞は軽く嚙《か》んで呑み込んだ。味付けを控えているので、あまり美味《おい》しいと思わなかったのだろうか、円丞は微妙な面持ちだ。だが空腹だったようで、食べることは拒まなかった。

「しっかり嚙んでくださいね。ご自分で、食べてみますか」

お葉は優しく問いかける。円丞は微《かす》かに頷《うなず》き、右手を差し出そうとするも、思うように動かない。

「もう片方の手はどうでしょう」

訊ねながら、お葉は円丞の左肩にそっと触れる。円丞は左腕を動かし、お葉へと差し出した。お葉は笑みを浮かべて円丞に頷き、匙を左手に持たせる。円丞は少しまごつきながらも、匙を持つことができた。

——円丞師匠のお躰の左側には、それほどの損傷はなかったようね。よかった。

お葉はひとまず安堵《あんど》し、円丞が自分で食べる様子を見守る。粥を少しこぼしながらも、円丞は左手に持った匙を口に運ぶことができた。

円丞はまだ寝たままなので、匙に粥を掬うことはお葉が手伝い、食事を終えた。お葉は手ぬぐいで円丞の口元を拭《ぬぐ》いながら、微笑みかけた。

「しっかり食べていただいたので、治りも早くなります。この調子で治して参りましょう」

しかし円丞は複雑そうな面持ちだ。お葉の言葉に微かに頷いただけで、何も答えない。

円丞の今の気持ちが、お葉には分かるような気がした。手を動かして食べることができてよかったとお葉は思っても、本人にしてみれば、食べることにこれほど時間と労力がかかるなんてと気落ちしてしまったのだろう。

お葉は円丞を無理に励まさずに休ませたほうがよいと思い、掻《か》い巻《まき》をかけ直すと、盆を持って静かに腰を上げた。

「お躰が動くようになってきたので、明日か明後日には筵《むしろ》からお布団に移っていただけると思います。もう少し辛抱してくださいね」

お葉はそう告げ、養生部屋を離れた。


その後で、お葉も夕餉を取った。円丞に食べさせている間に、お繁が作ってくれたのだ。居間に集まり、皆で味わう。熱い味噌汁《みそしる》を啜《すす》ると、一日の疲れが取れていくようだった。

平目《ひらめ》の煮つけに舌鼓を打ちながら、お葉は円丞の様子を話した。道庵は微妙な面持ちだった。

「右半身をどこまで回復できるかだな。早速、明日から躰を動かす稽古《けいこ》を始めるか」

「でも、まだ立ち上がるのは無理なように思うのですが」

「いきなり立ち上がらせたりはしねえよ。まずは半身を起こすことからだ。そこから這《は》って動けるようになり、何かに摑《つか》まりながらでも立つことができるようになればいい」

「……そうですね」

お葉は箸《はし》を置き、お茶を啜った。思い出したのだ。身投げをして助けられた後、自分もそのようにして躰の動きを取り戻していったことを。

――今では何の障りもなく、歩いたり走ったりできるのですもの。円丞師匠だって、きっと、もとのように動けるようになるわ。

希《のぞ》みが見えてきたようで、お葉は胸に手を当てる。

道庵によると、卒中の後ではなるべく早く躰を動かすようにしたほうが、後遺症が残らずに済むとのことだ。

お繁が言った。

「でも先生。円丞師匠はもとのように歩き回ることができなくなっても、座ることさえできればいいんですよね。脇息（肘《ひじ》かけ道具）にもたれてでも座っていることができれば、高座に上がれますもの」

道庵とお葉は顔を見合せた。

「言われてみれば、確かに」

「そのとおりだが……どうなんだろうな。師匠の芸は、大袈裟《おおげさ》な身振り手振りで、勢いよく喋《しゃべ》って笑いを取るもののようだ。聞いたところによると、座ったまということはなく、片膝《かたひざ》を立てたりするのは当たり前、時には飛び上がって、蜻蛉《とんぼ》返りなどもしていたっていうぜ。それが観客たちには大いに受けたらしい」

お繁は目を見開いた。

「ずいぶん派手な芸風だったんですねえ」

「ならば、急に動きがおとなしくなってしまうと、お客さんたちも物足りないかもしれませんね」

お葉は、円丞の不安げな面持ちを思い出す。本人が一番、そのことを分かっているだろう。

道庵は腕を組んだ。

「師匠は見栄えもなかなかいいだろう。女の贔屓《ひいき》も多くて、本人は歌舞伎役者か何かを気取っていたみてえだ。それで身振りがどんどん派手になっていったんじゃねえかかな」

「噺家《はなしか》というよりは、役者まがいで人気を博していたって訳ですか。ここへ運ばれた時もずいぶん吞《の》んでいたといいますし、放蕩《ほうとう》していたんでしょうね」

「うむ。友人が言っていたぜ。師匠は酒、煙草、女、博打、すべてをこよなく愛していたとな。おまけに大飯食らいで、辛いものも甘いものも、腹が膨れ上がるほどに詰め込んでいたようだ」

お葉とお繁は目と目を見交わし、溜息《ためいき》をついた。

「それでは躰《からだ》を壊して当然です」

「師匠は確かに整った顔立ちですが、色白で丸々としていますものね。そういう訳ですか。大酒呑《おおざけの》みの、大飯食らいだと」

道庵はお葉を見た。

「師匠がここにいる間に、その悪しき習慣をすべて捨てさせようと思っている。好き勝手に飲み食いしていた者が、そのような暮らしを強いられると、初めは鬱々《うつうつ》とすることがある。誰でもそうだから、師匠が気鬱になっていても、あまり心配しなくていいぜ」

「はい」

お葉は道庵に頷く。濃い味のものを見境なく食べていた者が、先ほどの粥のような食事を強いられれば、落ち込むであろうことはお葉にも分かるような気がした。

「それでな、お葉。明日から、師匠に作ってやってほしいものがあるんだ。柚子《ゆず》の飲み物なんだが。卒中の後に飲むと、効き目があるんだ」

「柚子、ですか」

お葉は目を瞬かせた。卒中の患者を多く診てきた道庵が、その者たちの経過を見るうちに、考え出した飲み物だという。お葉は、その秘伝の作り方を教えてもらった。

材料は柚子一つと、酒一合のみだ。柚子を細かく刻み、酒と一緒に鍋《なべ》に入れて、水飴《みずあめ》ぐらいの固さになるまで煮詰める。それを白湯《さゆ》に入れ、二、三回に分けて飲む。

お葉は首を少し傾げた。

——容易に作れる柚子の飲み物で、卒中の治りが本当によくなるのかしら。

お葉の心を見透かしたかのように、道庵は笑った。

「なに、試しに飲ませてやれ。徐々によくなってくるからよ。柚子ってのは、万能なんだぜ。血の流れや消化をよくし、疲れや浮腫《むく》みを取り、便通もよくする。躰の中を綺麗《きれい》にしてくれるんだ」

「道庵先生がそこまで仰《おっしゃ》るなら、間違いないよ」

お繁にも微笑まれ、お葉は納得する。

「ならば、柚子の飲み物には、卒中を防ぐ効果もあるかもしれませんね」

「そうだな。卒中に罹《かか》らんために、俺も毎日飲むか。お葉、俺の分も作ってくれるかい」

「はい、もちろん」

お葉は二つ返事で、笑みを浮かべた。

ちなみにこの数年後、葛飾北斎《かつしかほくさい》が卒中で倒れるが、なんと北斎は自力でもとのように回復した。その時に飲んでいたのが、北斎自らが作った薬で、それも柚子を酒で煮詰めたものであった。このことは飯島虚心《いいじまきよしん》著『葛飾北斎伝』（一八九三）にも詳しい。

柚子の効果に、お繁も頻《しき》りに感心する。

「いいことを聞きました。柚子の飲み物、私も作って飲んでみますよ」

「私も飲みます」

お葉が相槌《あいづち》を打つと、道庵とお繁は穏やかに笑った。

「よし、躰のために、皆で飲もう」

傍に柚子はなくても、柚子の香りが仄《ほの》かに漂ってきそうだ。お葉は柚子と大根の漬物もたっぷり作って、お繁にお裾《すそ》分《わ》けしたいと考えていた。

二

次の日には、道庵とお葉に支えられ、円丞は半身を起こすことができた。眩暈《めまい》に襲われたようで、一瞬ふらりとしたが、少しの間はそのまま座っていられた。

お葉は二種の薬に加え、柚子の飲み物も作って、円丞に飲ませた。

道庵の言いつけで、野菜と豆腐を主にした薄い味付けの食事を作り、運んだ。

半身を起こせるようになると、円丞は自ら匙《さじ》で掬《すく》い、口に運んだ。利き手ではない左手なので、どこか覚束《おぼつか》ないが、それでも自分で食べられるようになって嬉《うれ》しかったようだ。食べ終えると、円丞は「ご馳走様《ちそうさま》」と小さな声で言った。

食事の後で、道庵が円丞の躰を拭《ふ》き、着替えさせ、襁褓《むつき》も取り替えた。左半身は動くので、円丞は躰を引きずって筵《むしろ》から下り、布団（敷布団）へと移った。道庵は円丞の肩に手を置いた。

「順調に治ってるぜ。再び高座に上がる日も近いな」

円丞はようやく笑みを浮かべ、道庵に頷《うなず》いた。

その日の午後、宵町亭の一門の、円丞の先輩の円三《えんぞう》が見舞いに訪れた。お葉は円三を養生部屋へと案内し、すぐに離れた。円三に、円丞と二人きりで話をしたいと、言われたからだ。

少しして、お葉が廊下を横切った時、円三の声が耳に入った。

「こちらは心配ない。とにかく何も考えず、ゆっくり休め」と、円丞に話していた。

四半刻《しはんとき》（およそ三十分）もしないうちに円三は養生部屋から出てきて、道庵と薬礼の相談などをして、帰っていった。取り敢《あ》えず、宵町亭の一門が立て替えることになったようだ。

夕刻前、訪れる患者が少し落ち着いた頃、道庵は円丞に鍼《はり》の治療も始めた。

頭から足の裏まで、様々なツボに鍼を打たれた円丞を眺め、お葉は考える。腕や足などは右側に多く打っているのに、頭は左側に多く打っているのは、どうしてなのだろうと。

――おそらく、頭の左側が傷ついていると、躰はその反対の右側に影響が出るのかもしれないわ。後で先生に訊《き》いてみよう。

人の躰とは不思議なものだと、お葉は改めて思う。道庵やお葉の手当ての甲斐《かい》あって、円丞には回復の兆しはあるが、気落ちしているように見えるのは、円三に何か言われたからなのだろうか。お葉には噺家の世界などよく分からぬが、少し休んでいる間にも、ほかの者たちがどんどん追い上げてくるのかもしれない。すると、いくら真打でも、焦りが出てくるのだろうか。自分の居場所がなくなってしまうのではないか、と。

ならば、躰を休めていても、常に不安で、気は休まることはないだろう。

道庵が鍼治療をしている間、円丞は顔を顰《しか》めつつ、虚《うつ》ろな目をしていた。

道庵は、薬を増やした。補陽還五湯《ほようかんごとう》だ。これも卒中の後に飲む薬として効き目を発する。

運動麻痺《まひ》を改善する黄耆《おうぎ》、血の流れを改善する桃仁《とうにん》、紅花《こうか》、芍薬《しゃくやく》、当帰《とうき》、川芎《せんきゅう》、そして地竜《じりゅう》を併せて作るこの薬で、血栓の再発を防ぐ。

薬と食事と鍼に加えて、道庵とお葉はお手玉や手毬《てまり》を用いて、円丞の動きを取り戻していった。お手玉や毬投げの動作を繰り返すうちに、円丞の右手も動くようになってきた。

円丞は一刻も早く、再び寄席《よせ》に出て、多くの観客たちを笑わせたいのだろう。お手玉や毬投げにも、必死で励んだ。

這《は》うことはできるので、やがて物に摑《つか》まり、立ち上がることもできるようになった。

「さすが師匠だ。やる気があるから、何でもできちまう」

道庵が感嘆すると、円丞は嬉しそうに笑った。


円丞がここに留《とど》まるようになって、十日以上が経った頃、ある女が見舞いに訪れた。齢《よわい》二十四、五だろうか。地味な紺色の着物を纏《まと》い、化粧っ気もなく、物静かな趣だ。女はお千《せん》と名乗った。

料理屋で仲居として働くお千は、円丞と同じ長屋に住んでおり、円丞がここで養生していることを知って、心配になって訪れたという。お千は道庵とお葉に深々と頭を下げ、手土産を渡した。

「師匠を診てくださって、ありがとうございます。師匠はうちの長屋でも人気者なんです。これは、長屋の皆からの、心ばかりのお礼です」

「気を遣わせちまって、なんだか申し訳ねえなあ。でも、ありがたく受け取っとくぜ」

好物の金鍔《きんつば》の菓子折りに、道庵は頬を緩める。お千は道庵を見つめた。

「先生はとても腕のよいお医者だと聞きました。どうか、師匠を治してあげてください。……普通の暮らしが、障りなくできるようになるまでは。このとおり、お願いいたします」

お千はまた深々と頭を下げる。お千を眺めながら、お葉はどうしてか露草を思い出した。ひっそりと咲く、可憐《かれん》で小さい藍色《あいいろ》の花だ。薬効もあり、裏庭にも生えている。

道庵は真摯《しんし》な面持ちで、お千に言った。

「師匠は徐々によくなってきているから、そう切羽詰まらなくてもいいぜ。普通に暮らせるようにはなるだろう。俺たちも手を尽くしているが、本人のやる気もあるからな。高座にまた上がりたいようで、本人も懸命にやっているよ。……だが、前みてえな激しい動きができるようになるかは、まだ分からねえな」

「そうなのですか」

お千は目を伏せる。

「まあ、やるだけのことはやってみる。俺も師匠の高座を観てみたいんだ。再び活躍してもらわなければ困るぜ」

道庵が微笑みかけると、お千は小さく頷いた。

「私も高座に復帰してほしいですが、焦らなくていいとも思うのです。まずは師匠に、躰《からだ》をしっかり治してもらいたくて。仕事のことは、それからでも」

お千の話を聞きながら、お葉は膝《ひざ》の上で手を組んだ。

――お千さんは本当に、師匠のことを慮《おもんぱか》っていらっしゃるのね。

お千の優しい気持ちが伝わってきて、道庵も目を細めていた。


お葉はお千を養生部屋へと案内した。

「お見舞いにいらしてくださいましたよ」

お葉が声をかけると、円丞はお千を一瞥《いちべつ》し、そっぽを向いた。

その冷ややかな態度に、お葉は驚く。だがお千は慣れているかのように、ぎこちない笑みを浮かべて円丞に話しかけた。

「思ったより顔色がよくて、よかったわ。本当はもっと早くお見舞いにきたかったんだけれど、診療所がどこかはっきり分からなくて。今になってしまったの。ごめんなさい」

だが円丞は目を逸《そ》らしたまま、何も答えない。気まずい沈黙が流れる中、お千がまた口を開いた。

「長屋の皆も、心配していてね。師匠が一日も早く、元気になって帰ってくるのを、皆、待っているわ」

するとお千の話を遮るかのように、円丞が声を出した。

「一人にしてくれないか」

お葉は眉根を微《かす》かに寄せる。円丞のきつい口ぶりを聞いたのは、初めてだった。

お千は声を震わせた。

「師匠、具合が悪いの？　ごめんなさい、そんな時に訪ねてしまって」

「寝かせてくれよ、うるさい」

円丞は掻《か》い巻《まき》に顔を埋めてしまう。お千は円丞のことを真に心配しているが、円丞はお千を疎ましく思っているのだろうか。それとも、落ち込んでいる時に情けをかけられ、却《かえ》って苛立《いらだ》ってしまったのだろうか。

涙ぐむお千に、お葉の胸は痛む。お葉はお千の小さな背中に手を当て、揃って養生部屋を出た。

お千が帰った後、お葉は道庵に、円丞が彼女に取った態度について話した。道庵は黙って聞き、息をついた。

「師匠は女に人気があったというから、自惚《うぬぼ》れてるんだろうよ。まあ、格好をつけていた男なら、今みてえに弱っている姿を女に見られれば、バツが悪くて突っ慳貪《けんどん》になっちまうかもな」

「そうなのでしょうか」

露草のようなお千の面影が浮かび、お葉は目を伏せた。


円丞はとにかく高座に戻りたい一心で、躰を動かす稽古《けいこ》に励み、日々の暮らしには困らないほどの動きができるようになった。

だが、言葉のほうはまだ覚束《おぼつか》ないところがある。短く喋《しゃべ》るぶんにはよいのだが、それ以上に話すと、呂律《ろれつ》が回らなくなってしまうのだ。また、激しい動きも、まだ無理であった。右手と右足を動かせるようにはなったが、もとに戻っているとは言い難く、どうしても動きが鈍い。

円丞がここで養生するようになって、二十日近くが経っていた。円丞も家に戻って噺家《はなしか》としての稽古をしたいようなので、道庵はここを出ることを許した。

円丞が出ていく前の夜、お繁と謙之助も交えて、皆で夕餉《ゆうげ》を食べた。鱈《たら》、湯葉、芹《せり》、人参《にんじん》、椎茸《しいたけ》をたっぷり入れた、優しい味わいの鍋《なべ》だ。

それを皆で突きながら、道庵は円丞に諭した。

「師匠、食べ物には気をつけてくれよな。野菜、豆腐や納豆など大豆からできているもの、鰯《いわし》や鯖《さば》などの背の色の青い魚。それらを中心に食ってくれ。満腹になるまで食うなよ。腹八分目でちょうどいい。酒と煙草は、これを機に思い切ってやめろ。そうすりゃ、二度と倒れなくて済むぜ」

鱈を味わいつつ、円丞は項垂《うなだ》れた。

「なんだか、つまらないですな」

「そうかもしれませんが、師匠だって、またここへ運び込まれて苦しい思いをするのは嫌でしょうよ」

お繁にも諭され、円丞は頷《うなず》いた。

「それはまあ、確かに」

「師匠が助かったのは、道庵先生たちのおかげだ。先生たちが言うことは、しっかり聞かなければな」

謙之助はそう言いながら、空になった椀《わん》をお葉に渡す。お葉は椀にたっぷりよそって謙之助に返し、微笑んだ。

「ならば、師匠は野木様の仰《おつしや》ることもお聞きになりませんと。師匠をご友人と一緒にここへ担ぎ込んでくださったのは、野木様だったのですから」

「ここにいる皆の言うことに背くなってことだ」

続けて道庵が口にすると、和やかな笑いが起きた。

円丞は左手を使って食べていたが、途中で匙《さじ》を右手に持ち替えた。だが右手を使うと、やはりご飯や汁を少しこぼしてしまう。道庵が諭した。

「無理せず、左手で食べればいいじゃねえか。ここまで回復したんだから、あとはゆっくり治していけばいいんだ」

自分がこぼしたものを手ぬぐいで拭《ふ》くお葉を眺めながら、円丞はぽつりと言った。

「俺はもう……前のような芸で、笑わせることはできねえんでしょうか」

部屋が静まる。皆、無言になり、うつむいてしまった。

円丞は動作だけでなく、喋り方もゆっくりになっている。その円丞が、以前のような生き生きとした芸風で復帰するには、時間がかかると思われた。

謙之助が、静けさを破った。

「弱気になるなんて、師匠らしくないぞ。師匠の復帰を待っている贔屓《ひいき》たちのためにも、張り切ってもらわなくてはな」

「そうですね。……俺には贔屓がいますから。その贔屓たちのために、やらねば」

自分に言い聞かせるように、円丞は、謙之助の言葉を繰り返す。道庵は腕を組み、頷いた。

「そうだ。俺も師匠の高座を観るのを楽しみにしているんだ」

「私もですよ。復帰されたら必ず観にいきます」

「私も先生とお繁さんと一緒に行きます」

「もちろん私も行くぞ」

お繁、お葉、謙之助が続けて言うと、円丞の顔が微かに歪《ゆが》んだ。その目に涙が浮かんだことに、お葉は気づいた。

「皆さん、ありがとうございます」

円丞は頭を下げ、話芸の稽古に励むことを、お葉たちに誓った。

団欒《だんらん》が終わると、お葉はお繁と謙之助を見送った。

「お繁さんは私が責任持って送り届けるので、心配なく」

謙之助はお葉に目配《めくば》せする。若い謙之助に気を遣ってもらって、お繁も満更ではなさそうだ。

お葉は謙之助に一礼した。

「野木様、よろしくお願いいたします」

すると謙之助は息をついた。

「お葉ちゃん、そろそろ名字で呼ぶのはやめてくれないか。よそよそしさを感じてしまうんだ。名前で呼んでくれ。謙之助でよい」

謙之助に見つめられ、お葉はなにやら慌てた。胸に手を当て、頷く。

「あ、はい。本当に、お名前でお呼びしてもよろしいのでしょうか」

「いいと言っているではないか。呼んでくれ」

お葉は、謙之助を見つめ返した。

「かしこまりました。……謙之助様」

「それでよい」

二人は微笑み合う。その傍らで、お繁も顔をほころばせていた。

下弦の月は真夜中にならないと上らないのでまだ見えないが、星は輝いている。

謙之助とお繁は提灯《ちょうちん》を提げ、並んで帰っていった。

円丞が診療所を出ていった後も、道庵とお葉は五日に一度、薬を届ける約束だった。二人とも、円丞の治り具合を気に懸けていた。

横大工町《よこだいくちょう》に住んでいる大工を往診した帰り、二人は円丞の長屋に寄ってみることにした。長屋がある新銀町は、横大工町の隣にある。銀細工を扱う職人が多く住んでいることから、その名がついたと言われる。

如月《きさらぎ》の末なので、日中はだいぶ暖かい。お葉は白い小袖《こそで》の上に藍色の半纏《はんてん》を羽織っているが、もうこの時季は綿の入った半纏ではなく、袷《あわせ》のそれに替えていた。

円丞が住む長屋に着くと、道庵とお葉は、腰高障子の隙間からそっと覗《のぞ》いてみた。

薄暗い部屋の中、円丞は独り言《ご》つように、ぶつぶつと話芸の稽古に取り組んでいた。だが、その面持ちは鬱々《うつうつ》としており、決して順調とは言えぬようだ。

円丞は舌がもつれるのが悔しいのか、時折「ちくしょう」と小さく叫んでは、頭を抱えている。

道庵とお葉は目と目を見交わし、円丞に声をかけることなく、長屋を離れた。

診療所へと帰る道すがら、道庵が言った。

「なんだか、落ち込んでいるように見えたな。うちにいた時よりも、いっそう」

「そのようですね」

円丞が心配で、お葉は口数が少なくなってしまう。

――自棄《やけ》になったりしなければいいけれど。

そろそろ咲き始めそうな桜の木に目をやり、お葉は息をついた。

謙之助も円丞のことが気に懸かっていたようで、円丞の仲間たちから聞いたことを、報《しら》せてくれた。

「円丞師匠が病に倒れたことは、瓦版《かわらばん》にも書かれたからな。師匠が養生している間に、あれほどもてはやしていた取り巻きたちが、いなくなってしまったようだ」

円丞を贔屓にしていた美女たちも、揃《そろ》ってつれなくなった。病が卒中だと知って、皆、円丞の活躍に期待できなくなったのだろう。

「皆の手のひらを返したような態度に、師匠は打ちひしがれているみたいだ」

謙之助の話に、お葉は顔を曇らせる。両親が亡くなった時、親戚《しんせき》の人々がまさにそのような態度になったことを思い出した。

――自分が窮地に立たされた時に、信じていた人の裏の顔を見てしまうと……堪《こた》えるのよね。

円丞の辛《つら》い気持ちが分かり、お葉の胸も苦しくなる。道庵が謙之助に訊《たず》ねた。

「それで、仕事のほうはどうなっているのでしょう。高座には復帰できそうなので

「すか」

「うむ。一門の代表である円鏡師匠は、円丞を予てから買っているらしく、立ち直るのを待っているようだ。話芸がまたできるようになれば、すぐにでも復帰させたいのではなかろうか」

お葉は思わず言った。

「ならば、円丞師匠が早く立ち直れますよう、私たちで支えて差し上げましょう。辛い時こそ、支えが必要なのだと思います。そのような時に冷たい人ばかりを見てしまったら……円丞師匠のお心は、ますます荒《すさ》んでしまいます」

真剣な面持ちのお葉に、謙之助は微笑み、頷《うなず》く。

「そうだな。力になってやろう。私も見廻《みまわ》りの時、さりげなく様子を窺《うかが》っておく」

「旦那《だんな》、よろしくお願いします。もし酒なんか呑《の》んでいたら、止めてやってください。治りかけの今の時期に呑んだりしたら、もとの木阿弥《もくあみ》ですからな」

「承知した。その時は、殴ってでも止めさせる。任せておけ」

道庵が少し笑ったので、お葉の顔もようやくほころぶ。謙之助は、いつもは穏やかだが、いざとなると男気を見せるのだ。

「旦那、頼もしいですぜ」

「私からもよろしくお願いします」

お葉は謙之助に頭を下げた。


それから数日経ち、弥生《やよい》（三月）に入った頃、道庵とお葉は円丞に薬を届けにいった。長屋の近くに立っている桜も、色づき始めている。

お葉は立ち止まり、薬箱を持ったまま、思わず見惚《みと》れた。先を歩く道庵が振り返り、ゆっくりと声をかけた。

「おい、行くぞ」

「はい」

お葉は我に返り、薬箱を大切に抱え、道庵を追いかけた。


円丞の家に着き、腰高障子越しに声をかけようとすると、中から何か話し声が聞こえてきた。声を荒らげて、言い合っているようだ。隙間から覗いてみると、円丞の傍らに、お千の姿があった。

お千は必死に、円丞を励ましていた。円丞は胸元をはだけただらしない姿で、傍らには徳利が置いてある。

お葉が思わず腰高障子を開けようとすると、道庵が止めた。

円丞は顔色が悪く、目の周りに隈《くま》を作っている。無精髭《ぶしょうひげ》が伸び、殺気立っているような面持ちだった。お千は目に涙を浮かべて、円丞に縋《すが》りついた。

「ねえ、お願い。自棄になってお酒を呑んだりしないで。高座に戻れなくなってしまうわ。師匠の芸に打ち込む姿が、私は好きだったの。師匠の芸に対する思いは、誰よりも勝っているでしょう。だから絶対に大丈夫。私は師匠を信じているんだから」

「お前に信じてもらったって、それがどうしたっていうんだ！　お前みてえな女に、俺の何が分かるってんだ」

「分かるわ。師匠の芸が凄《すご》いって。ここの皆だって、そう思って……あっ」

円丞は凄《すさ》まじい形相で、お千を突き飛ばした。

「うるせえ！」

お千が畳に倒れ、徳利が転がる。お葉は目を覆った。奉公先で虐《いじ》められ、ぶたれたり蹴《け》られたりしたことが不意に思い出され、胸が苦しくなる。道庵は腰高障子を開けて乗り込み、円丞を一喝した。

「甘えてんじゃねえ！」

そして徳利を摑《つか》み取ると、壁にぶつけて割ってしまった。中に入っていた酒が飛び散る。

道庵は微《かす》かに息を荒らげ、円丞を睨《ね》める。お葉は、突っ伏したままのお千に、駆け寄った。

円丞の目から、不意に涙がこぼれた。

肩を震わせ、円丞は泣いた。

「じ、自分が、悪かったんだ」

声を絞り出す円丞を眺めながら、お葉はその気持ちを汲《く》み取っていた。

円丞も分かっていたのだ。人気に溺《おぼ》れて、好き放題したが挙句の現状なのだということを。そして、分かっているからこそ、よけいに辛いのだろう。

お千は身を起こすと、円丞にいざり寄り、まだ少し覚束《おぼつか》ない彼の右手をしっかりと握った。円丞は涙に暮れながら、お千を見る。もう、邪険にすることはなかった。

落ち着いてくると、円丞は、遣《や》り切れぬ思いを吐露した。

「俺は、先生たちに診てもらって、確かに暮らしに障りはないほどには動けるようになった。……でも、いくら努めても、もとには戻らねえ。前みてえな動きや喋《しゃべ》りが、できねえんだ。本人だから、はっきり分かる。勢いのある芸と喋りで笑いを取ることは、もう、無理だ。こんな俺には、生きている意味なんかねえんだ。芸ができなくなった噺家《はなしか》に、なんの値打ちがあるってんだ」

円丞は肩を落とし、項垂《うなだ》れる。薄暗い部屋に、静寂《しじま》が漂う。円丞は唇を噛《か》んだ。

「宵町亭円丞は……もう、死んじまった。あの華々しい俺に、戻ろうとしても戻れない。俺は、もう駄目だ。屍《しかばね》だ」

お千は、ひたすら円丞の手を強く握り締める。道庵もかける言葉が見つからないようだ。

夕暮れ刻《どき》の風が吹き、腰高障子が音を立てる。お葉は思わず口を開いた。

「ならば、一度お亡くなりになって、生まれ変わったお気持ちで、新しい円丞師匠になればよろしいのではありませんか」

ずっとうつむいていた円丞が、顔を上げた。目が合い、お葉は微笑みかける。道庵もお葉を見つめていた。

——一度死んで、生まれ変わったつもりで、俺の仕事を手伝ってみねえか。

これは、お葉が道庵からもらった、生涯忘れられない言葉だ。自害しようとしたお葉が、立ち直り、今に至る道を開いてくれた、道庵のかけがえのない教えなのだ。

そしてお葉は今、自分を勇気づけてくれた言葉を、円丞へと贈った。円丞を少しでも励ましたかったからだ。

円丞に、お葉は自分の来し方を話し、自分も道庵に同じように励ましてもらったと、正直に言った。

円丞は熱心に聞いていたが、またうつむいてしまった。

「でも……俺にできるだろうか。新しい円丞になるなんて、そんなこと」

すると今度は道庵が意見した。

「ならば、芸風を変えてみればいいんじゃねえかな」

円丞は顔を上げ、目を見開く。道庵は腕を組み、続けた。

「お葉にも言ったことがあるが、上手《うま》くいかねえ時は、変えてみるってことも大切なんだ。それとも師匠は、大袈裟《おおげさ》な身振り手振りで早口の、派手な芸風に拘《こだわ》りでもあるのかい？　どうしてもそういう話芸を続けていきてえのかい」

円丞も腕を組み、首を捻《ひね》って暫《しば》し考える。そして、答えた。

「いや、そういう訳ではない。高座に上がって話芸ができればいいんだ」

道庵は微笑んだ。

「じゃあ、話は簡単だ。師匠、芸を変えてくれ。噺家っていったって、笑い噺だけじゃねえだろう。怪談噺や人情噺で当たりを取ってる者もいるじゃねえか。俺は小さい頃、講談が好きでよく聴きにいっていたが、あれは軍記物が主だしな。軍記物を少し変えた噺なんかも、好きな客はいるんじゃねえか」

目を瞬かせる円丞に、お千が微笑みかける。

「先生の仰《おっしゃ》るとおりよ。芸風を変えればいいんだわ。それならば、身振り手振りを交えなくてもよいもの。……それに、師匠の芸は、純粋に話が楽しかったから受けていたのよ。私はそう思っていたの。師匠は勘違いしていたみたいだけれど」

円丞はお千を見つめ、独り言《ご》つように呟《つぶや》いた。

「勘違い……」

「そうよ。人気が出るにつれてどんどん派手な芸風になって、それが当たったと自分で思い込んでしまっていたんだわ。でもね、師匠はもともと話芸が優れているのよ。だから円鏡師匠だって、放蕩《ほうとう》していた師匠を許してくれていたんじゃない。師匠を信じてくれていたのよ。いつかまた真の話芸に戻るだろう、って。そして、それは私も同じ。……ずっと、師匠を信じていたの」

お千も円丞を見つめ、自分の思いをぶつける。円丞の目が不意に潤んだことに、お葉は気づいた。お千は円丞の手を握った。

「師匠は、早口で捲《まく》し立てる必要なんかないのよ。これからは真の話芸で、私たちを楽しませて」

　お葉も頷《うなず》いた。

「そうですよ。私も聴いてみたいです。特に、師匠の人情噺を」

　悲しみや辛《つら》い思いを経験した今の円丞ならば、よい人情噺ができるように思えたのだ。それにじっくりと聴かせる人情噺ならば、早口で捲し立てるよりも、ゆっくりと喋るほうが却《かえ》ってよいだろう。

「人情噺か……難しそうだな。噺を作って、稽古《けいこ》を積まなければ」

　円丞は惑いつつも、一筋の光が見えたかのように、顔を仄《ほの》かに明るくさせた。


　帰り際、道庵がお千に言った。

「師匠が躰《からだ》に悪いもんを食ったり呑《の》んだりしないよう、見ていてやってくれ。頼んだぜ」

「はい。気をつけておきます」

「たまにでいいから、何か作ってやってくれ。野菜の煮物とか、魚の煮つけとかな。なるべく薄味がいいんだ」

　お千は円丞を振り返り、苦い笑みを浮かべた。

「以前から、時々、作って届けていたんです。食べてくれているかは分かりませんが」

道庵は円丞に声をかけた。

「これから必ず食うように」

円丞は素直に頷く。お葉は声を弾ませた。

「お千さんに必ず作っていただきたいものがあるんです。薬にもなる、柚子《ゆず》の飲み物なのですが」

お葉が作り方を教えると、お千は熱心に耳を傾け、笑みを浮かべた。

「必ず作って飲ませます」

「お願いします」

「お千さんが師匠についていてくれると、頼もしいぜ」

道庵が言うと、お千は頬をほんのり桜色に染めた。円丞は畳に座って頭を掻《か》いている。円丞はお千のおかげで、本当に大切なものは何かを、気づき始めたようだった。

三

翌日、お葉は道庵の使いで、日本橋は本町の薬種問屋、梅光堂へと赴いた。梅光堂は間口六間で、主人の光吉郎と内儀の野江《のえ》が手堅い商いを営んでいる。落ち着きのある上品な夫婦《めおと》に、お葉も好意を寄せていた。

道庵に頼まれた薬を光吉郎が用意してくれている間、野江はお葉にお茶と練り切りを出してくれた。

「いつもありがとうございます」

お葉は恐縮しつつ一礼する。白い皿に淡緑色の懐紙が敷かれ、その上に桜の花を象《かたど》った薄紅色の練り切りが載っている。その彩りに目を細めながら、お葉は楊枝《ようじ》で切って一口味わい、顔をほころばせた。白餡《しろあん》の優しい味わいと口当たりが、なんとも心地よい。

「とても美味《おい》しいです」

「お葉ちゃんに喜んでもらえて、よかったわ」

お葉を眺めながら、野江も笑みを浮かべていた。

帰る時、野江は練り切りを包んで持たせてくれた。

「お家《うち》でも、道庵先生と一緒に桜を味わってね」

お葉は繰り返し礼を言い、梅光堂を後にした。青空が広がり、雲が流れ、どこからか雲雀《ひばり》のさえずりが聞こえてくる。本町からは、大きな通りを真っすぐ進めば、診療所のある須田町に着く。

お葉は清々《すがすが》しい風に吹かれながら、薬の包みと菓子の包みを大切に抱え、歩を進める。道庵に頼まれた薬は、桂皮《けいひ》や芍薬《しゃくやく》など処方によく使われるもののほか、牛黄《ごおう》や熊胆《ゆうたん》などもあった。

牛黄とは牛の胆嚢《たんのう》に生じた結石で、熊胆とは熊の胆嚢を乾燥したものだ。これらは希少なものなので、当然、値が張る。道庵と長く付き合いのある光吉郎が、少し負けてくれているであろうことは、お葉も薄々気づいていた。

道庵は相変わらず、貧しい者たちからは無理に薬礼を受け取らず、米や野菜などのお礼で喜んでいる。お葉は、道庵のそのような無欲なところを好ましく思っているが、それでも時たま不安になることがあった。診療所を続けていくことができるのだろうか、と。

道庵はいつも言っている。貰《もら》えるところからはしっかり貰っているから、ここがやっていけなくなることはねえよ、と。

それほど多くはないが、お葉も毎月給金をもらえるので、道庵が言うように困っている訳ではないのだろう。

――それなのに。源信先生は、道庵先生のことを貧乏医者って言ったのよね。

嫌なことを思い出し、お葉は唇を尖《とが》らせる。

お葉は足を止め、右手を見やった。風が吹き、木の葉がそよぐ。何かに突き動かされたかのように、お葉は道を逸《そ》れ、雲が流れていく浜町川《はまちょう》のほうへ向かって歩き始めた。


富沢町に着くと、お葉は栄《さかえ》橋のあたりをうろうろとした。栄橋は浜町川に架かっている。お葉は道庵から、源信の診療所は栄橋の傍にあることを聞いていて、どのようなところか不意に見てみたくなったのだ。

源信の診療所を探り当てると、お葉は目を瞠《みは》った。なかなか立派な構えだったからだ。

――道庵先生の診療所より、ずっと広いわ。

お葉の胸に、源信に対して複雑な思いが、また込み上げる。

——長崎から帰ってきたばかりなのに……なにやら解せない。

怪訝《けげん》な顔で様子を窺《うかが》う。覗《のぞ》き込もうとしていると、突然、格子戸が開いた。源信と鉢合せし、バツの悪い思いで、お葉は肩を竦《すく》めた。

源信は、お葉をまじまじと眺めた。

「何かご用かい？　道庵先生の使いかな」

「あ……いえ。あの……」

狼狽《うろた》えるお葉に、源信は笑みをこぼした。

「今から蕎麦《そば》を食いにいくんだ。付き合わないかい？」

源信は端女《はしため》に留守を頼んで、昼餉《ひるげ》を食べにいくところだったようだ。

「え、でも」

お葉は遠慮しようとするも、源信に訊《き》きたいことがあるのを思い出した。道庵の来し方について、まだ聞いていなかった。

お葉は背筋を伸ばし、源信を見つめて頷《うなず》いた。

お葉は源信に、千鳥《ちどり》橋の近くの蕎麦屋に連れていかれた。そこで掻き揚げ蕎麦を食べながら、話を聞いた。

「道庵先生だって若い頃は人並みの野心はあったんじゃないかな。二十五、六の時には既に、優れた町医者として頭角を現していたというし。藩医だって無理な話ではなかった。奥医師だって夢ではなかっただろうに……道庵先生、今やすっかり仙人みたいになっちまったな」

汁を啜《すす》りながら、源信は溜息《ためいき》をつく。

「源信先生が弟子入りなさったのは、今から十一年前ぐらいですよね。その頃も、道庵先生は今みたいでしたか」

「そうだな。それで俺とは考え方が食い違ってね。道庵先生の遣《や》り方では、いつまで経っても出世の見込みがなく、金も貯まらないと思ったんだ。それで俺は先生と決別したって訳だ。先生の腕には惚《ほ》れ込んでいたが、蘭方《らんぽう》医学にも興味があったからな」

「源信先生がご覧になっても、道庵先生の腕は確かなのですね」

「凄《すご》いと思うよ。でも、だからこそ、もったいないんだよな。町の貧乏医者にしておくには」

源信は再び溜息をつき、お葉は眉根《まゆね》を寄せる。

「貧乏医者という言い方は、道庵先生に失礼ではないでしょうか」

「だって本当のことだろう。この前見たが、診療所の中も、置いてある道具も、俺がいた頃とほとんど変わってなかった。年季の入った道具をいつまで使ってんだか」

「慣れた道具のほうが使いやすいのだと思います」

「医術の道具って、絶えず進歩しているんだよ。どんな道具でも、一年とは言わないが、二年に一度は買い替えたほうがいい。古びて汚い道具は駄目だ」

「うちの診療所の道具は、常に綺麗《きれい》にしてあります」

向きになるお葉を眺め、源信は笑みを浮かべる。

「まあ、お葉ちゃんみたいな道庵先生贔屓《びいき》が沢山いるから、あんなでも、どうにかやっていけているのだろう」

源信の言い方はどこか皮肉っぽくて、お葉はいい気分がしない。だが源信は約束どおり、道庵の来し方について教えてくれた。源信が道庵から直接聞いたことだけでなく、道庵の師匠だった道誉や、医者仲間に聞いたことも交えて。ちなみに道誉は既に亡くなっており、道誉とその内儀の最期を看取《みと》ったのは道庵だったということは、お葉も道庵から直《じか》に聞いて知っていた。

「道庵先生に長崎に留学することを勧めたのは、道誉先生だったんだ。それで二十四の時に長崎へ渡り、二年ほど蘭方医学を学んだそうだ」

　道庵は江戸に戻ってからは、源信と同じように、長崎帰りの気鋭の医者と呼ばれていたが、その時に道庵は、野心に満ちた医者を多く見た。腕のよい道庵の足を、引っ張るような者も多かった。

　道庵を敵視していた、斎英《さいえい》という医者がいた。斎英も長崎に留学の経験がある医者で、道庵と齢もさほど変わらなかった。斎英はあからさまに藩医や奥医師を狙っていて、町医者をしながら武士へ取り入り、人脈作りを怠らなかった。

　道庵も若い頃は、出世の野心を少なからず持っていたようだが、道庵は斎英のように、武士に阿《おもね》って取り入ることなどはできぬ性分だった。そのあたり、道庵はやはり不器用なのだろう。自分を敵視し、突っかかってくる斎英を、疎ましく思っていたに違いない。

　斎英は育ちがよく、学があり、腕もよく、見栄えもよく、華々しく活躍していた。だが、それゆえに自惚《うぬぼ》れがあったのだろう。

　斎英は、武士への医療に力を入れるあまりに、町人たちの医療を蔑《ないがし》ろにしていた。そして、ある時、決定的な間違いを犯してしまった。自分で処方した麻沸散（麻酔薬）の分量を間違え、患者を死なせてしまったのだ。

その間違いによって亡くなったのは、青山《あおやま》の裕福な百姓で、斎英に充分過ぎるほどの薬礼も払っていた。だが、斎英は町人が相手の治療なので、端《はな》からやる気がなかったのだ。それゆえ、うっかり間違えてしまったのだろう。

斎英は絶対に自分の非を認めず、失敗を揉《も》み消そうとした。百姓の家族は泣き寝入りするしかなく、斎英は自分が悪いとも思っていないようだった。

――寿命だったんだよ。私のせいではない。第一、助かったとしても、そう長くはなかっただろう。

斎英はそう吐き捨てた。患者に対する思いやりも、生死への尊厳も、何も持っていないかのように。

そのことを医者仲間から聞いて、道庵は百姓の遺族を心配していた。道庵は心ばかりの香典を包み、青山まで遺族に会いにいった。

百姓の家に着き、声をかけてみても、返事がなかった。何度も声をかけたが、静まり返っている。道庵は胸騒ぎを覚え、戸を開けようとするもなかなか開かない。躰《からだ》をぶつけて戸を外し、道庵は息を呑《の》んだ。

百姓の女房が首を吊《つ》っていたからだ。道庵は慌てて女房を下ろし、目と脈を見て、必死で息を吹き返させた。見つけたのが早かったので、一命を取り留めることはできた。

道庵はその日は百姓の家に留まり、熱心に女房の看病をした。子供たちは、道庵に涙ながらに厚く礼を述べた。

それから時折、道庵は女房の様子を見に、百姓の家を訪れた。そして、女房や子供たちから斎英についての話を聞かされ、道庵まで悩み、落ち込んだ。医者とはいったい何であろうと、考え込んでしまったのだ。

それから少しして、斎英は念願の藩医になれた。その時の威張り方たるや、凄いものであった。新調した十徳を纏《まと》い、道庵にも、得意気に挨拶《あいさつ》をしにきたほどだ。

そして間もなく、斎英は病に倒れた。藩医になって二年も経っていなかった。斎英は大量の血を吐き、死んでいった。

人の命を軽んじた斎英は、因果応報かのように、今度は自分の命を奪われることになった。

斎英の最期を知った道庵は、またも考え込んでしまった。

道庵は道誉に師事しながら、医者とは人の命を助けることが使命であると思っていた。だが、そのような純粋な思いで医術に取り組んでいる者が、どれほどいるのだろう。斎英のように無慈悲な医者も多かった。

金を稼ぐことしか考えておらぬ者、出世の欲に取り憑《つ》かれている者、仕事が好きでもないのにただ自尊心を満たすために医者を名乗っている者、人の命を軽んじる者。

道庵はそのような者たちを見過ぎたせいで、こうはなりたくないという思いが強くなっていった。つまりはそのような医者たちを悪い見本として学び、今の道庵の人格が形成されたのだ。

「斎英のことを話してくれた後で、先生、言っていたな。……そういう奴を見ていて、俺は出世なんかどうでもよくなっちまった。でも、人を助けたい気持ちは変わらねえ。変わらねえってことは、それが本心ってことだ。だから俺は本心のまま、町の皆を助けていきてえ。ただそれだけだ、ってね」

お葉の目が潤む。道庵は、自分が思っていた以上の人だと、胸が熱くなった。

斎英のような医者を見過ぎたことに加えて、道庵が最愛の妻と娘を病から救えなかったことが、追い打ちをかけたのだろう。

「そのことがあって道庵先生は、人生の無常というものを知り、さらに無欲になり、ひたすら人の命を救うことに打ち込むようになったのではないかな」

源信の話を聞きながら、お葉はいつしか蕎麦《そば》を手繰る手を止めていた。道庵の医術に対する真摯《しんし》な思いがいっそう分かり、胸がいっぱいになって、食欲も失《う》せてしまった。

源信はぽつりと言った。

「皮肉なもんだ。人を誤って死なせたら、今度は自分に死が降りかかるなんて。人の身分は決して平等とは言えないが、病ってのは平等に人を襲うものなんだ」

源信の顔つきが不意に変わる。源信の言葉が、お葉の耳にやけに残った。

蕎麦屋を出る前、お葉は思い切って源信に訊《き》いてみた。

「源信先生は、斎英というお医者のことを、どう思われますか」

お葉と源信の眼差《まなざ》しがぶつかる。野心家の源信が、同じく野心家だった斎英をどのように評するか、興味があった。

源信はにやりと笑って、答えた。

「端的に言うと、みっともない」

お葉は目を瞬かせる。源信は顎《あご》を撫《な》でた。

「斎英は、死なせてしまった百姓から薬礼をたっぷり受け取っていたという。それで薬の分量を間違えるなど、莫迦《ばか》だとしか言いようがない。それを揉み消そうとするのも恥ずかしい。俺ならば、薬礼を充分にもらったら、絶対必ず治してみせる。

それは町人でも武士でも同じことだ。前にも言ったが、引き受けたら必ず最善を尽くし、治す。それが俺だ」

源信に真っすぐ見つめられ、その気迫に、お葉は言葉を失ってしまう。語気が強いのは、斎英などと自分を一緒にするなと、暗に言っているのだろうか。お葉は胸に手を当て、頷《うなず》いた。

「道庵先生のお弟子だっただけあって、源信先生もさすがでいらっしゃいます」

すると源信は頰を緩め、笑みを漏らした。

「お葉ちゃんって、なんだか面白いな。それほど道庵先生を信奉しているのかい」

「はい。源信先生からご覧になったら、道庵先生は出世の道から外れてしまったように見えるのかもしれませんが、私は道庵先生をますます尊敬します。お話を聞かせてくださって、本当にありがとうございました」

お葉に素直に礼を言われ、源信は頭を搔《か》く。

「しかし、道庵先生も隅に置けないな。十七の娘に、そこまで敬われるなんて。まあ、俺もかつては先生の弟子だった身だ。これからもよろしくな」

「はい。こちらこそよろしくお願いいたします」

源信に見つめられ、お葉は少したじろぎながらも、見つめ返した。

蕎麦屋を出て源信と別れると、お葉は包みを抱え、来た道を急いで戻った。

――道草を食ってしまったわ。先生、怒っていらっしゃるだろうな。

心配しつつも、道庵の人柄をいっそう知ることができて、お葉の心は満ち足りていた。

四

桜が散り、若葉が見え始めた頃、円丞が高座へと復帰した。診療所を仕舞うと、お葉は道庵とお繁と一緒に、両国《りょうごく》の寄席《よせ》へと観にいった。途中で謙之助とも合流し、皆で向かう。空には円い月が輝いていた。

道すがら、謙之助が言った。

「思ったよりも早い復帰だ。先生たちの手当てが、やはりよかったのだな」

「いや、本人のやる気でしょう。必死で稽古《けいこ》したのだと思います」

「どんな芸を見せてくれるか楽しみですよ」

お繁の言葉に、お葉も頷く。

「私、寄席に行くこと自体、初めてなので、なんだか緊張しています」

すると道庵たちは笑った。

「なに、緊張して行くところじゃねえよ」

「お葉ちゃん、気楽に聴けばいいんだ」

「話芸ってのは心地よいもんだからね」

「楽しみです」

お葉は胸をときめかせた。


寄席には、円丞の復帰を応援しようという客たちが詰めかけていた。だが、皆、円丞の演目の題を見て、怪訝《けげん》な顔をした。〈俺の弔い〉と書かれていたからだ。

幕が開き、円丞が現れると、歓声が飛んだ。

「待ってました！」

「師匠、お帰り！」

円丞は座布団に座り、観客たちを見回すと、丁寧に頭を下げた。

観客たちは、円丞が変わったことに気づいた。食べ物と酒を控えたせいでずいぶんと引き締まり、顔つきも穏やかになり、ちゃらけたところが、まったくと言っていいほどに失せている。

「本当に円丞師匠かな」

「別人みたいだ」

観客たちがひそひそ話しているのが、お葉にも聞こえた。

円丞は観客たちに向かって微《かす》かな笑みを浮かべ、ゆっくりと話し始めた。

「人というものは、生きていればいろいろありますな。生きているうちが花ともいいますが、死んだ時には慎ましくも弔いをしてほしいものです」

見た目だけではなく、話し方も変わってしまった円丞に、観客たちはざわめく。

「笑い噺《ばなし》じゃねえのか」

「前の円丞はどこにいった！」

野次も飛び始める中、円丞は淡々と話し続けた。

「雪が降る、凍《い》てつく夜のことです。空腹と寒さに耐えかねた男がおりました。その男、なんと泥棒を生業《なりわい》としているのです。もちろん、そうなったのには訳があります。男は人気役者だったのですが、放蕩《ほうとう》の果てに落ちぶれ、仲間も贔屓筋《ひいきすじ》も消え失せ、気づいたら残っていたのは借金だけ。自棄《やけ》になった男は、人様のものを盗むことを思いついたのでした」

初めはざわめいた観客たちも、次第に円丞の話に耳を傾けるようになる。前のような身振り手振りや、派手な動きがなくても、観客たちは円丞の話芸に惹《ひ》きつけられるようだった。

円丞の話し方はゆっくりだが、もつれたり、呂律《ろれつ》が回らないということはないので、お葉はひとまず安堵《あんど》する。膝《ひざ》の上で手を組み、懸命に応援しながら、円丞の噺を聴いていた。

円丞の噺は、こう続いた。その泥棒が、ある家に忍んでいく。家には、父親と娘が住んでいた。泥棒に短刀を突きつけられ、二人は震え上がる。何か食わせろ、有り金もすべて出せ、と泥棒は凄《すご》む。二人は言われたとおりにした。

しかし、娘が作ってくれたおにぎりを食べているうちに、泥棒は不意に弱気になる。どうして俺はこうなっちまったんだろうという思いが、込み上げてきたのだ。

娘は味噌汁《みそしる》も作ってくれた。温かな味噌汁は、泥棒の五臓六腑《ごぞうろっぷ》に沁《し》みるようだった。泥棒は父娘《おやこ》に訊《たず》ねた。どうしてあんたたちは、こんな俺に優しくしてくれるのかい、怖いからかい、と。すると二人は答えた。怖いというのも正直あるが、真に空腹のようだったので、少しでも力になれればと思って、と。泥棒の心配をするようなお人好しの父娘に、泥棒は呆《あき》れつつも、目頭が熱くなる。

こうして泥棒と父娘は打ち解けていく。泥棒は自分の身の上を二人に話し、項垂《うなだ》れた。どうしてこんなに落ちぶれちまったんだろう、本当は俺は死にてえのかもしれないと、泥棒は本音を呟《つぶや》く。捕まっていつ死んでも構わないから、泥棒を続けていられたのだと、自分でも気づいていたのだ。

泥棒は涙をこぼしながら、父娘に言った。朝になったら、俺を奉行所に突き出してくれても構わねえと。すると娘が泥棒に言い返す。

ならば、一度死んで、生まれ変わったつもりで、新しい人生を始めればいいのでは、と。

娘の言葉が、泥棒の傷んだ胸に沁みるも、やり直す自信がない。すると娘は、父親と血は繋《つな》がっていないこと、自分も苦労をして今の暮らしに辿《たど》り着いたことなどを、泥棒に話して聞かせる。泥棒は思う。自分よりずっと若い娘が乗り越えられたのだから、自分だって生まれ変わることができるかもしれない、と。

「二人に励まされた泥棒は、泣き笑いで声を響かせました。今宵、俺は死んだんだ。親父さん、娘さん、俺を弔ってくれ。そうすれば、明日の朝に、俺は生まれ変わることができるだろう」

円丞は淡々と話しているが、まるで泥棒と自分を重ね合せているかのように、言葉の一つ一つに心が籠《こも》っていて重みがある。観客たちは、水を打ったように静まり返っていた。

円丞の噺は、こう続いた。翌朝、泥棒は奪った金を返し、礼を述べ、父娘の家を出ていく。父娘も奉行所に届けることなどしなかった。

それから数年が経ち、娘が嫁ぐことが決まる。すると、どこからか、花嫁道具の一式が贈られてきた。目を瞠《みは》るほど、立派なものだ。花嫁道具には手紙が添えられていて、こう書かれてあった。〈生まれ変わって生きています。ありがとう〉と。あの時の泥棒に違いなかった。

泥棒はあれから故郷に帰り、職人に戻るべく修業を積んだのだ。もともと花嫁道具を作る職人だったが、若き日の情熱で、役者を目指してしまった。故郷でやり直し、一年前にまた江戸へ戻って、職人をしながら、父娘のことをそっと窺《うかが》っていた。贈った花嫁道具は、自分で作ったものだった。娘は花嫁道具を眺めて涙を浮かべ、父は娘の肩に手を置きながら目頭を熱くするのだった。

円丞は噺を終えると、再び丁寧に礼をした。観客たちから歓声が上がる。絶望や悲しみを経験した者にしか出せない味わい深い話芸に、集まった観客たちは目に涙を滲《にじ》ませていた。

見事な話芸に、お葉も胸を打たれて、声が出ない。道庵が唸《うな》った。

「よくここまで復活したな」

「芸風を変えて正解でしたね」

「円丞師匠、本当に才があるのだな。これからも応援しよう」

お繁と謙之助もひたすら感心している。

お葉は気づいていた。舞台の袖《そで》に近い席に、お千が座っていたことに。お千は肩を震わせている。喜びの涙が止まらないようだった。

円丞の復活は瓦版《かわらばん》にも書き立てられ、話題になった。彼の人情噺《にんじょうばなし》は絶賛され、芸風を変えたことによって、新たな観客も摑《つか》むことができたようだ。

道庵とお葉が往診の帰りに長屋に寄ってみると、円丞は熱心に稽古《けいこ》に励んでいた。その傍らで、お千が食事の支度をしている。お千は恥じらいながら、お葉たちに挨《あい》拶《さつ》した。

「師匠、前以上に人気があるみてえだな。高座はいつも満員だっていうじゃねえか」

道庵が声をかけると、円丞は頭を掻《か》いた。

「おかげさまで。でも、もう人気に溺《おぼ》れることなく、芸を磨き続けていきます。約束しますよ」

「それでこそ師匠だ」

大きく頷《うなず》く道庵の隣で、お葉も笑みを浮かべる。病に罹《かか》ったのは災いだったが、それがきっかけで、円丞はすっかり心を入れ替えたようだ。

円丞は姿勢を正し、道庵とお葉に謝った。

「復帰する時は、断りもなく、お二人に諭してもらったことをもとに噺を作ってしまって、申し訳なかったです」

「構わねえよ。よい話芸だったぜ」

「言葉の一つ一つに心が籠っていらっしゃって、情景が目に浮かぶようでした」

「お二人のおかげです」

円丞は、改めて深々と頭を下げた。

お千は道庵とお葉にお茶を出すと、ごゆっくりと告げ、七輪で魚を焼くために、外へと出た。

腰高障子が閉まると、道庵が声を低めた。

「お千さん、尽くしてくれてるみてえだな」

円丞は照れくさそうに笑った。

「あいつ、こんな俺のことを、見捨てずに支えてくれたんです。一緒になろうと思います。お千を大切にしますよ。このことも約束します」

「おう。師匠には過ぎた女房だぜ」

「分かってます」

円丞は眉《まゆ》を掻きつつ、腰高障子を眺める。夕日が差して、仄《ほの》かに橙色《だいだいいろ》に染まっている。

外から、お千が焼く眼張《めばる》の匂いが漂ってくる。甘えるような猫の啼《な》き声も、聞こえてきた。

第三章　日溜まりの庭

一

弥生《やよい》も下旬になり、ずいぶんと暖かくなってきた。裏庭では錨草《いかりそう》や繁縷《はこべ》の花が愛らしく咲いている。寒い時季は控えていたが、近頃は二日に一度、水遣《みずや》りをしている。

身を屈《かが》めて水を撒《ま》きながら、お葉は草花たちの様子を見る。いずれも健やかに育っていた。錨草は、紫色の花の形が如何《いか》にも船の錨に似ているからその名がついたという。

――錨草を見ていると、なにやら線香花火を思い出すわ。

細長い花びらに触れ、お葉は笑みを浮かべる。その根茎が生薬となり、強壮や物忘れ、精神疲労などに効き目を現すのだ。

水遣りを終えると、お葉は鶏小屋を掃除し、餌と水をやった。餌は米ぬかと、料理であまった野菜の切れ端、砕いた牡蠣《かき》の殻を混ぜたものだ。暖かくなってきたので、鶏は卵をしばしば産んでくれるようになった。

卵が二つ手に入り、お葉は鶏たちの頭を優しく撫《な》でる。

——これで朝餉《あさげ》に、道庵先生がお好きな玉子焼きを作ってあげることができるわ。

お葉は笑みを浮かべて、中へと戻った。

お葉が作った玉子焼きを味わい、道庵は上機嫌で仕事を始めた。道庵は仕事の時と本を読む時は、必ず眼鏡をかけている。眼鏡拭《ふ》きと眼鏡入れを仕舞う袋は、お葉の手作りで、道庵は大切に使っていた。

よい気候になってきて、診療部屋の窓から見える木の葉も、日差しに青々と映えている。人通りが増え、町も活気づいていた。

風邪の患者は減り、流行《はや》りかけていた麻疹《はしか》も収まってきたが、診療所には日々、悩みを抱えた者たちが訪れる。道庵とお葉は、患者の力になるべく、親身になって治療に取り組んでいた。

八つ（午後二時）を過ぎた頃、齢《よわい》五十ぐらいの下男らしき者が訪ねてきた。お葉が男を診療部屋へ通すと、道庵が訊《たず》ねた。

「顔色は悪くねえが、どうかしたかい」

「いいえ。具合が悪いのは私ではなくて、ご主人様なのです。ご主人様の往診をお願いしたいのですが、お引き受けいただけますでしょうか」

「それは構わねえが、ご主人はいったいどんな具合なんだ」

「はい。昨日、階段から落ちて、動けなくなってしまったんです」

「それはたいへんじゃねえか。ご主人はいくつだい」

「六十二です」

「ならば、放っておくとまずいぜ。骨が折れたのだろうか」

下男は首を傾げた。

「どうなのでしょう。昨日も慌てて、近くの骨接ぎの先生を呼んできて診てもらったのですが、ご主人様はますます痛がって、わしを殺すつもりなのか、と騒ぎまして」

道庵とお葉は顔を見合せる。下男は続けた。

「それで、こちらを訪れたという訳です。近所のご隠居様に、道庵先生のことを教えていただいたのです。ご隠居様が長く患っていた腰痛を、先生はたったの一度で治してしまったそうで」

　下男は三五郎《さんごろう》という名で、向島《むこうじま》は寺嶋《てらじま》村の寮（別荘）で、主人である角右衛門《かくえもん》の世話をしているそうだ。角右衛門は、もとは大店《おおだな》の油問屋〈鵜澤屋《うざわや》〉の大旦那《おおだんな》だった。鵜澤屋は、日本橋は横山町《よこやまちょう》にある。

　その角右衛門が近頃どうも怪我が多いという。今回が初めてではないようだ。

「よく転ばれるのですよ。それも不意に。廊下を歩いていても、ぼたん、というように倒れてしまうのです」

「頭を打ったりはしてねえのか」

「打ったこともございます。ほかにも爪を切っていて、指まで切って血を出したり、お風呂《ふろ》に入っていて溺《おぼ》れそうになったり」

　道庵は眉根《まゆね》を寄せ、お葉は胸に手を当てる。

「そりゃ、危ねえな。毎日、ヒヤヒヤしながら面倒見てるんじゃねえか」

　三五郎は項垂《うなだ》れた。

「さようです。ご主人様は、このところ生傷が絶えないのです。半年ほど前までは、このようではなかったのですが」

「半年前は、ちゃんとしていたんだな」

「はい。怪我をすることはございませんでした。ですが、物忘れは少々ありました。夜中に何度も廁《かわや》へ立つことも」

「今も続いているのか」

「はい。近頃は、食事をしたことを忘れてしまうこともございまして。朝餉を食べたばかりなのに、ご飯をねだったり。やはり、老い、ですよね。諦《あきら》めるしかないのでしょうか」

三五郎は顔を伏せる。道庵は腕を組み、声を響かせた。

「人は誰しも老いるものだ。物忘れなども目立ってくるが、まだ諦めることはねえよ。どうにか食い止めることはできるかもしれねえ。やってみるぜ」

「頼もしいお言葉、ありがとうございます。よろしくお願いいたします」

三五郎は道庵に繰り返し頭を下げる。

「今日は生憎《あいにく》ほかにも往診があって、埋まっちまっているんだ。明日の午前《ひるまえ》に伺うとしよう」

道庵は三五郎に約束した。

翌日の五つ半（午前九時）、道庵とお葉は診療所を出て向島に向かった。両国まで歩いていき、そこから猪牙舟《ちょきぶね》に乗って隅田《すみだ》川を上がっていく。青空が広がり、綿雲が浮かんでいる。川は日差しを受けて煌《きら》めき、魚が元気よく飛沫《しぶき》を上げる。隅田川から眺める江戸の町は、春の眩《まぶ》しさの中で、息づいていた。

充分暖かいが、道庵が十徳を羽織っているので、お葉もそれに倣って白い小袖《こそで》の上に藍色《あいいろ》の半纏《はんてん》を羽織っている。お葉のその姿を、道庵は気に入っているようだった。

川に、茶色と白の斑《ぶち》の水鳥が浮かんでいる。その可愛らしさに、お葉は目を細める。川の水に手を触れながら、ぽつりと呟《つぶや》いた。

「向島に行くのは、本当に久しぶりです」

「そうか。あちらは景色がよくて、いいところだ」

「はい。だから楽しみで……あ、患者さんを診にいくのに、そのような言い方をしたら駄目ですね」

お葉は手を口に当て、肩を竦《すく》める。道庵は笑った。

「生死に関わる病じゃねえから、別にいいぜ。俺も実は楽しみなんだ。向島は、俺の師匠だった道誉先生が隠居されてたところだからな。先生を診るために、頻繁に訪れたもんだ」

「道庵先生にとって、向島は思い出の地なのですね」

「うむ。道誉先生は、どうしても俺に診てほしいと仰《おっしゃ》って、それで引き受けたんだ。でもな、先生が弱っていくのを見るのは、やはり辛《つら》くてよ。胃ノ腑《ふ》にできた腫物《はれもの》が膨れ上がって、それが広がっちまってな。躰《からだ》中に似たようなのが現れ始めて、手の施しようがなかったんだ。自分の恩師の最期まで見なければならねえなんて、医者ってのはなんて因果な仕事なんだろうって、落ち込んじまった」

お葉は黙って道庵の話に耳を傾ける。自分の身に置き換えてみると、その時の道庵の辛さが、痛いほどに分かった。

「そんな俺の気を紛れさせてくれたのが、向島の景色だったんだ。先生を診た後、ちょいと寄り道して、向島をふらふらと散歩してた。田畑が多くて、森もあって、緑が広がっててよ。それを眺めながら思った。先生も、この地で息を引き取るなら本望なんじゃねえかな、って。だからしっかりと最期を看取《みと》って、先生の魂を、向島の緑の中へと送ってあげたいと思ったんだ」

淡々と語る道庵の顔に、柔らかな日が差している。お葉は、川の水を手で掬《すく》った。

「道誉先生の魂は、今でも緑の中で生き続けていらっしゃるのですね。道庵先生に看取っていただいて、道誉先生、最期までお幸せだったと思います」

「ならば……よかったぜ」

向島のほうを眺めながら、道庵が呟くように言う。お葉は瞬きもせずに、その横顔を見つめる。不意に、船頭が呑気《のんき》な声を上げた。

「なんだか居眠りしたくなるような、いい天気ですねえ」

道庵は船頭に目をやり、顎《あご》を撫《な》でた。

「確かにそうだが……おい、船頭。舟を漕《こ》ぎながら寝たりするなよ。危ねえからな」

「はい、もちろんそれは合点承知！」

肩を竦める船頭に、道庵が苦笑する。お葉もつられて笑みを浮かべた。

隅田川を悠々と渡る舟の上で、道庵とお葉は和やかに寄り添っていた。

長命寺《ちょうめいじ》の近くで舟を下り、寺嶋村にある角右衛門の寮へと赴いた。その入口に立ち、お葉は目を瞠《みは》った。六十坪はあり、大きな庭もついている。

「ずいぶん広いお家《うち》ですね」

「鶫澤屋といえば、老舗《しにせ》の大店だからな」

道庵は枝折戸を開け、臆《おく》さず入っていく。お葉も薬箱を抱え、後に続いた。

玄関に向かいながら、お葉は、庭が荒れていることに気づいた。枯れたように見える木が、庭に濃い影を作っていた。

道庵とお葉は、三五郎に迎え入れられた。彼に案内されて広い廊下を歩きながら、お葉はつい見回してしまう。やけにひっそりしているのは、住んでいる者が少ないからなのだろうか。道庵が三五郎に訊《たず》ねた。

「何人ぐらいで住んでいるんだい」

「ご主人様と私の、二人です」

お葉は目を丸くした。

「こんなに大きなお家に、お二人で？　贅沢《ぜいたく》ですね」

三五郎は肩を落とした。

「いえ、ほかに一緒に暮らしてくれる人がいないのです。お内儀様もお亡くなりになっておりますし」

「でもよ、ご隠居の世話をする者は、あと一人か二人いてもいいんじゃねえか」

「確かに仰るとおりですが、ご主人様はなかなか気難しいところがございまして、気の合う者でなければ傍に置かないのです。私はご主人様に長くお仕えしておりますので、ご主人様も気が楽のようです」

「なるほど。気心知れてる、って訳だな」

「さようでございます」

どうやら角右衛門は一癖《ひとくせ》ありそうなので、お葉は少し不安になる。部屋の前で、お葉は軽く深呼吸して、道庵に続いて中に入った。


角右衛門は厳《いか》めしい顔をして、座っていた。髪も眉《まゆ》も白く、堂々たる体軀《たいく》で、唇がへの字に曲がっている。

道庵とお葉は、一礼して腰を下ろす。二人を眺め、角右衛門は三五郎に訊ねた。

「こちらは何方《どなた》だ」

「お医者の挙田道庵先生と、お弟子のお葉さんです。ご主人様を診にいらしてくださいました。往診を頼みましたこと、お話ししましたよね」

すると角右衛門は頷《うなず》いた。

「ああ、貴方《あなた》が道庵先生か。……で、こちらは娘さんかな」

道庵は苦笑した。

「いえ、弟子です」

「あ、そうか。お弟子さんだった」

「お葉と申します。よろしくお願いいたします」

お葉は改めて、角右衛門に一礼する。角右衛門はまた頷き、訊ねた。

「で、今日は何のご用かな」

道庵とお葉は顔を見合せ、眉を八の字にする。道庵は咳払《せきばら》いをして、答えた。

「ご隠居が怪我をされたと伺ったので、診に参りました」

すると角右衛門は、人差し指で自分を差した。

「ご隠居とは、わしのことか」

「そうです」

「おみ足を傷めたと伺いました」

お葉が言うと、角右衛門は目を泳がせ、大きく頷いた。

「そう、そうだ！　足が痛いんだよ。ほら、こちらの足。腫《は》れているだろう」

角右衛門は大きな左足を差し出す。確かに足首から下が腫れ上がっている。道庵は早速、診始めた。

「ちょっと失礼」

道庵が足に触れると、角右衛門は悲鳴を上げた。お葉は思わず身を強張《こわば》らせる。

「痛いっ、痛いじゃないか！　何をやってるんだ！」

「診ているのです。おとなしくしていてください」

しかし角右衛門は、道庵を押しのけようとする。三五郎が角右衛門の肩を摑《つか》んだ。

「ご主人様、我慢なさってください」

それでも角右衛門は振りほどこうとするので、お葉も手伝って、二人がかりでおとなしくさせた。

「骨は折れていないので、心配ありません。挫《くじ》いただけです。それにしても、擦り傷も多いですな。ほかに痛いところはありませんか」

「別にない……が、腹が少し痛い」

角右衛門は厳めしい顔をますます顰《しか》める。三五郎が息をついた。

「食べ過ぎでいらっしゃるんですよ。少し目を離すと、煎餅《せんべい》や饅頭《まんじゅう》をあるだけ食べてしまうのですから」

「菓子は隠すように。ご隠居、肩や腰は大丈夫ですか」

角右衛門は左肩を眺め、腕を回そうとして、再び悲鳴を上げた。

「い、痛いっ！　腕も折れてるぞ！」

道庵は肩から腕にかけても診た。

「いや、折れてませんよ。こちらは痺《しび》れでしょう。よし、まずは痛いところすべてを鍼《はり》で治しましょう」

鍼と聞いて、角右衛門は目を瞬かせる。急におとなしくなったので、お葉は押さえていた手を離した。角右衛門は少しぼんやりとしていたが、急に何か喋《しゃべ》った。だが、「はらいだ」としか聞き取れない。道庵が聞き返した。

「ん？　腹が痛いのですか」

角右衛門は首を横に振る。

「では、すみませんが、もう一度言ってください」

「鍼は嫌いだ」

角右衛門はさっきもそう言ったのだろうが、滑舌が悪くなっていて、お葉たちの耳には、はらいだ、と聞こえたのだ。角右衛門の言っていることは、ほかにも聞き取り難《にく》いところがあった。

やはり老化による惚《ぼ》けが始まっていて、それゆえに怪我などの障りが出てきていると、道庵は診立てた。

角右衛門が嫌がるので、道庵はまず精神を落ち着かせる抑肝散加陳皮半夏《よくかんさんかちんぴはんげ》を処方した。この薬は、惚けにも効果がある。抑肝散に陳皮と半夏が加わることで、胃ノ腑《ふ》や腸に優しい処方となる。

不安や苛立《いらだ》ちを治め、子供の夜泣きや疳《かん》の虫にもよく効く抑肝散は、惚けの症状も抑えることができると、道庵は気づいていた。

道庵と三五郎が角右衛門を押さえつけ、お葉が薬を飲ませた。少しして薬が効いてくると、角右衛門はおとなしくなり、うとうとし始めた。

三五郎が急いで布団を敷いて角右衛門を横たわらせると、道庵が鍼を手に近づく。腫れ上がった足首に鍼を打たれ、角右衛門は急に目を見開き、口を大きく開けた。

また叫び声を上げるのかとお葉はひやひやしたが、角右衛門はおとなしく再び目を閉じた。

道庵は患部に隈《くま》なく鍼を打ち終えると、眠っているように見える角右衛門に、そっと訊ねた。

「別に痛くはありませんでしょう」

角右衛門は薄目を開け、頷く。四半刻《しはんとき》（およそ三十分）以上そのままにしておくが、その間に、道庵とお葉は、別の薬を作った。黄芩《おうごん》、黄連《おうれん》、山梔子《さんしし》、黄檗《おうばく》を併せて作る、黄連解毒湯だ。苛立ちを抑え、胃ノ腑の炎症を鎮め、眩暈《めまい》や動悸《どうき》を防ぎ、血の巡りをよくし、抑肝散や抑肝散加陳皮半夏と併用すると、さらに効き目を発する。

二種の薬を数日分作り、三五郎に渡した。それから鍼を抜き、道庵はまたも訊ねた。

「具合は如何《いかが》ですか」

「なんだか……楽になった。足が、軽い」

角右衛門はぼんやりしながら答え、目を閉じる。道庵が目配《めくば》せすると、三五郎は頭を深く下げた。

道庵は、お葉に薬箱の中から中黄膏《ちゅうおうこう》を取り出させ、それも三五郎に渡した。

「少し経って、また痛むようであれば、この薬を塗ってみてくれ」

「かしこまりました。塗り薬まで、ありがとうございます」

三五郎は感謝の念に堪えぬようだ。中黄膏は、切り傷や火傷《やけど》だけでなく、捻挫《ねんざ》にも効果を現す。

道庵とお葉が腰を上げようとした時、角右衛門はふと目を開け、三五郎に訊《たず》ねた。

「桂次郎《けいじろう》はどうしている」

三五郎は角右衛門の肩にそっと触れた。

「お元気でお過ごしです。ご安心ください」

「まだ来ないのか」

「ええ。……そのうち、いらっしゃいますよ」

「そうか」

角右衛門は再び目を閉じた。

道庵とお葉は静かに部屋を出る。襖《ふすま》を閉めると、三五郎は声を低めた。

「遠いところ、ご苦労様でございました。よろしければ、お茶でも召し上がっていかれませんか。……お話ししたいこともございますので」

道庵とお葉は顔を見合せる。道庵が答えた。

「では、少し休んでいくか」

三五郎は大きく頷《うなず》いた。


道庵とお葉は広い居間に通された。床の前に掛け軸がかかっていたが、大きな花器に花は生けられていない。綺麗《きれい》な部屋だが、どことなく寂しい感じがすると、お葉は思った。

三五郎がお茶と菓子を運んできた。お茶は宇治《うじ》から取り寄せているものだという。菓子は桜餅《さくらもち》だった。

「桜はもう散ってしまいましたが、お隣の長命寺ではまだ桜餅を売っております。

お召し上がりください」

長命寺の名物である桜餅を、お葉は二度ほど食べたことがある。小さい頃、両親と一緒に花見に行った時だ。ほんのり色づく桜餅を眺め、お葉は懐かしい気持ちになる。皿を手に持つと、餡《あん》の甘い香りと、桜の葉の爽《さわ》やかな香りが、交ざり合って仄《ほの》かに漂った。

熱いお茶を啜《すす》り、道庵が訊ねた。

「で、話ってのはなんだい」

「はい。先ほど、ご主人様が口にされた、桂次郎様についてでございます。桂次郎様は、ご主人様の次男坊でいらっしゃいます」

「たまに、ここを訪れたりしているのかい？　ご隠居は、その次男を待っているみてえだったが」

三五郎は肩を落とし、首を横に振った。

「いえ。桂次郎様が、ここへいらっしゃったことはございません。……ご主人様は桂次郎様に、もう十年以上、会っていらっしゃらないのです」

三五郎は、角右衛門の家族について語った。油問屋は長男の玉太郎《たまたろう》が継いだが、惚けてきた父親を疎んじ、寮へと追いやって、その世話は三五郎に押しつけ、会いにくることもないという。内儀は既に亡くなっており、角右衛門は孤独のようだ。

——その寂しさも、惚けの原因の一つになっているのかもしれないわ。

お葉はそう思いながら、話を聞いていた。

三五郎によると、角右衛門は最近やけに、桂次郎のことを口にするという。

桂次郎は小さい頃から学業も剣術もそっちのけで、本を読んだり絵を描いたり、芝居を観てばかりいた。角右衛門はそのような桂次郎を疎んじ、父子の仲は悪かった。傍《はた》から見ていても、角右衛門は桂次郎には厳しかったという。優秀な兄と比べては、どうしてお前は駄目なのだと、叱ってばかりいたそうだ。

角右衛門は桂次郎にも商いを覚えさせようとしたのだが、桂次郎は桂次郎で、冷たい父親を嫌っていたのだろう。父親の言うことを聞かず、十五になった頃、家を飛び出していった。

言わば自分が追い出したようなものなのに、どうしてか角右衛門は、今頃になってやけに桂次郎のことが気になるらしい。

「ご主人様、近頃、よく仰《おつしや》るのです。あいつには悪いことをした、元気でやっているのだろうか、と。桂次郎様のことをお話しになる時、ご主人様はしょんぼりとして、今にも泣き出しそうなのです。……それでお訊《き》きしたいのですが」

三五郎は姿勢を正し、真摯《しんし》な眼差《まなざ》しで道庵を見た。

「もし桂次郎様に会うことが叶《かな》いましたら、ご主人様の惚《ぼ》けの具合も少しはよくなりますでしょうか」

道庵は腕を組み、息をついた。

「うむ。子供に会えぬ不安や、寂しさが、惚けを増長させるってことはあるからな。その不安を取り払ってやれば、悪くなるのを防ぐことはできるだろう。だが、次男坊の居場所は分かっているのかい？」

「はい。桂次郎様は、浅草《あさくさ》は西仲町《にしなかちょう》で瓦版《かわらばん》屋のお仕事をしていらっしゃいます」

西仲町といえば浅草寺《せんそうじ》の近くだ。桂次郎は家を出ていってから一度も帰ってきたことはなく、五年前に母親が亡くなった時も連絡先が分からなかったが、誰かから聞いたのか、少し経って香典を送ってきた。

そこに在所が書かれてあり、調べてみると、瓦版屋を営んでいることが分かった。家を飛び出してから瓦版屋の仕事に就き、腕を磨いて独立したと思われた。

瓦版屋という仕事柄、鵜澤屋の元大内儀の死、つまりは自分の母親の死という報《しら》せが、どこからか耳に入ったのだろう。

香典も多く包んであり、桂次郎は思いのほかちゃんとした暮らしをしているようで、皆、驚いたそうだ。

「でもその時は、ご主人様は桂次郎様を許そうとはしませんでした。自分の母親の葬儀に顔も見せずに香典だけ送ってくるなんて、やはりあいつは碌《ろく》な者ではないと、たいそう立腹なさっていました。……それなのに、ここにきて桂次郎様を案じられるとは。ご長男の玉太郎様に蔑《ないがし》ろにされ、弱気になっていらっしゃるのでしょうか」

玉太郎は齢《よわい》三十五、桂次郎は齢二十八とのことで、桂次郎が家を出ていってから十三年が経っているようだ。

道庵は暫《しば》し考え、訊ねた。

「ご隠居は大旦那《おおだんな》だった頃、なかなか派手な暮らしをしていたんじゃねえか？　鵜澤屋の大旦那は羽振りのよい遊び人、という噂を聞いたことがあったぜ」

三五郎は苦い笑みを浮かべた。

「仰るとおりでございます。かつてはお仕事でもご遊興でも、華々しくご活躍されていらっしゃいました。今はすっかり、消沈なさっておりますが」

「長男もずいぶん冷たいようだが、ご隠居は長男とも以前から仲がよくねえのかい」

「いえ、そのようなことはございませんでした。……ですが、玉太郎様は桂次郎様と違って、ご幼少の頃から感情をあまり表に出さない方なのです。それゆえに、お心の中では、お父《と》っ様のことをどのように思っていらっしゃったかは分かりませんが」

三五郎の話に耳を傾けながら、お葉は思う。

――本当にお父っ様のことが好きならば、老いてきたからといって冷たくなる訳はないでしょう。ならばご長男も、以前からお父っ様のことを快く思っていた訳ではなかったのでは。

道庵はお茶を飲み干し、三五郎に言った。

「薬が切れた頃、様子を見にくるので、その時にまた話を聞かせてくれ」

「はい。ありがとうございます。これからもよろしくお願いいたします」

三五郎は道庵とお葉に、改めて深く頭を下げた。

桂次郎が営んでいる瓦版屋の名前を聞いて、二人は角右衛門の寮を後にした。

道庵とお葉は長命寺に寄って、お詣《まい》りをした。青空の下に広がる葉桜の景色に、お葉は目を細める。お葉は実は、満開の桜の眺めよりも、散った後の葉桜のそれのほうを好んでいる。日差しを浴びて青々と輝く葉が、お葉の目と心に、清々《すがすが》しく沁《し》み入るからだ。

道庵と一緒だからだろうか、今日の葉桜は、お葉の目にはいっそう美しく映えた。長命寺を出て、船着き場へと向かった。このあたりは隅田川堤と呼ばれ、桜だけでなく桃や柳の木も植えられている。その景色を眺めながら、道庵が言った。

「お葉、お前は名のとおり、草木の葉に似ているな。光に当たって、よい空気を作り出す。葉は、人にとっても大切なもんだ」

お葉の目が不意に潤む。道庵の言葉が嬉《うれ》しかったのだ。お葉も予《かね》てから道庵のことを、欅《けやき》の木に似ていると思っている。

お葉が生まれ育った巣鴨《すがも》の野原に、大きな欅の木があった。その欅は深く根を下ろして、どっしりしていて、嵐や雷などにも動じない。猛々《たけだけ》しいのに、四季折々に、繊細に姿を変える。春にはみずみずしく芽吹き、夏には青々と繁り、秋には紅葉の彩りを見せ、冬には枯れるもいぶし銀のような趣がある。

強さと細やかさを併せ持ち、枯れているように見えて内に熱い思いを抱いている道庵は、お葉の目には欅の木のように映るのだ。道庵の真っすぐさや、節くれ立つようなぶっきら棒なところも、欅の幹と重なり合った。

――道庵先生は木で、私は葉っぱなのね。

木や葉から取れる生薬のように、これからも少しでも患者の力になっていきたいと、改めて思う。

二人は猪牙舟《ちょきぶね》に乗り、向島の眺めとの別れを惜しみつつ、戻っていった。

舟の上で道庵が言った。

「ご両親の墓参りになかなか連れていってやれなくて、すまねえな」

お葉は首を横に振った。

「先生は毎日お忙しいですもの。そのお気持ちだけで、充分ありがたいです」

「いや、暑くなる前に一度行こう。俺もお前のご両親に、手向けたいのでな」

お葉は黙って頷《うなず》く。

――あの欅の木を、先生と一緒に眺めることができたら……。

道庵の凜々《りり》しい横顔を眺め、お葉の胸は熱くなる。風が吹き、お葉の口から不意に言葉がこぼれた。

「先生、ごめんなさい」

いきなり謝られたので、道庵は目を瞬かせる。

「どうした」

お葉は道庵を真っすぐに見た。

「源信先生みたいに、いろんなことをすぐに覚えられなくて」

道庵は笑った。

「そんなこと気にするな。言っただろう。医術には確かに知識も必要だが、それだけでは決してねえんだ。お葉、お前には、やる気がある。それは俺も充分、分かっている。お前の、患者に対する誠意もな。それらは医術を志す者にとって、なによりも大切なことだ。だからゆっくりでいいから、確かな知識を身につけていけ」

道庵の言葉が、お葉の心を優しく包む。

お葉は先ほど角右衛門の息子たちの話を聞かされ、優れた兄とそうでない弟に、源信と自分をぼんやりと重ね合せてしまったのだ。

それでまた自信を失いかけていたのだが、道庵に励まされ、心が落ち着いていく。

「はい」

お葉が小さな声で返事をすると、道庵もお葉を見つめた。

「お葉、お前はお前でいいんだ。お前がいくら失敗しても、俺がお前を見放すなんてことは絶対にねえぜ。だから安心しろ」

お葉の胸が震え、思わず涙がこぼれる。

道庵は日差しに目を細めた。

「なに、お前は自分が思っているよりも遥《はる》かに、よくやってくれている。それに正直なところ、生意気な弟子よりも、素直な弟子のほうがやはり可愛いもんだ。出来がどうのというのではなくてな。お葉、お前も師匠の立場になったら分かるぜ」

お葉は目元を指で拭《ぬぐ》い、答えた。

「百年ぐらい先のことでしょうけれど」

道庵が声を上げて笑う。お葉には、舟の揺れさえ心地よかった。

両国に着くと、道庵はお葉に目配《めくば》せをした。

「鶉澤屋を、ちいと見ていくか」

油問屋の鶉澤屋は横山町にあるので、この近くだ。お葉は薬箱を抱え、道庵の後をついていった。

鶉澤屋は間口十間の立派な構えで、お葉は少々たじろいだ。だが道庵は平然と、格子窓から覗《のぞ》き込む。

「あれが長男の玉太郎かもしれんな」

お葉も覗き込んでみると、玉太郎と思《おぼ》しき男が、番頭や手代たちに指図をしていた。お葉は首を少し傾げた。玉太郎の雰囲気が、思っていたのとは違っていたからだ。

角右衛門が大旦那だった頃は華々しかったと聞いていたので、玉太郎もてっきり同様なのかと思いきや、地味で堅実な趣である。線が細く、控えめな物腰は、角右衛門ではなくて母親に似たのかもしれない。

暫《しばら》く様子を見ていたが、玉太郎はしごく真面目に仕事に取り組んでいる。道庵が声を低めた。

「ご隠居にはあまり似てねえな。冷たいようにも見えんが」

「私もそう思います。むしろ、お心が細やかそうです」

それは、番頭や手代たちに対する態度を見ていても分かる。玉太郎は常に穏やかに接していて、話し方も丁寧だった。

あまり覗き込んでいても、見つかると気まずいので、二人はさりげなく離れた。道草を食ったので、診療所に戻ったのは午後だった。道庵とお葉は、前で待っていた患者から文句を言われた。

「どこに行ってたんだよ」

「すまねえ。往診に時間がかかっちまってな」

「そんなこと言いながら、どこぞに寄って、二人で旨《うま》いもんでも食ってきたんだろ」

道庵とお葉は顔を見合せ、肩を竦《すく》める。患者が急《せ》かした。

「とにかく早く診てくれよ。昨夜から肩が痛くて堪《たま》らねえんだ」

「分かった。すぐ治してやるぜ」

道庵は錠を外して、患者を迎え入れる。お葉も二人に続いて中に入り、澄んだ空を見上げて大きく息をしてから、格子戸を閉めた。


それからお繁も手伝いにきてくれて、診療所を仕舞うと、三人で夕餉《ゆうげ》を食べ、湯屋へ行った。その後、自分の部屋で一人になると、お葉は医心帖《いしんちょう》を開いた。

今朝、向島へ向かう時に道庵から聞いた話が、胸に残っていた。道庵が、師匠である道誉を看取《みと》ったという話だ。

両親を看取ったことがあるお葉は、生と死がどれほど近いものであるか、身をもって知っている。それゆえ道庵の話を聞いた時、実はとても心苦しかった。

――もし、万が一に、私が道庵先生を看取ることになったら。

そのような不穏な考えが漠然と浮かんでくる。

決して考えたくはないが、この先あり得ないことではないのだ。それゆえに、お葉の心は乱れる。

――道庵先生のように、私も、大切な恩師をしっかりと看取ることができるかしら。

そのことを考えただけで涙が滲《にじ》みそうになり、お葉は目を瞑《つぶ》って、息をついた。お前を見放すことなどないと言ってくれた道庵の優しさが、お葉の胸に刻み込まれている。暫《しば》し、思いを巡らせる。そしてお葉は目を開けた。筆を取り、墨をつけて、医心帖に走らせる。

《道庵先生が病にかかったら　私はぜったいに治してみせる　どんなことをしてでも　必ず治す》

お葉の本心であった。書き留めたことを読み直し、お葉は納得したように頷く。それから気づいた。

自分が医心帖に書いたことは、源信がよく口にしていることと、同じであると。病を絶対に必ず治してみせる。

――私は、それを源信先生の自信ゆえの発言と思っていたけれど、少し違うのではないかしら。源信先生も、患者さんを治すことを真に強く望んでいて、本気だからこその言葉なのでは。

行灯《あんどん》の明かりの中、お葉は考えに耽《ふけ》る。また新たに気づいたことも、医心帖に書き留めた。

《治してみせると思う心　自信というのではなく強い心　医術にはそれが必要》
お葉は筆を置いて、姿勢を正す。墨の跡が乾くまで、医心帖を眺めていた。

二

道庵とお葉は、角右衛門に怪我と惚《ぼ》けの治療をするため、四日に一度、向島へ往診にいくようになった。その時はお繁に留守を頼んでいたが、角右衛門の話を聞いて、お繁も身につまされるようだった。

「いつ我が身にも降りかかることか分かりませんものねえ。気をつけなくちゃいけませんよ。道庵先生、惚けを防ぐ手立てって、何かありませんか」

「なに、適度に躰《からだ》を動かして、適度に頭使って、楽しく過ごしていれば大丈夫だ。酒はほどほどに、あとは魚を食ってればいい」

お繁とお葉は顔を見合せ、くすくす笑う。

「先生、ご自分が魚をお好きだから、そのように仰《おつしや》るんではないですか」

「私もそう思います」

道庵は眉間《みけん》を揉《も》んだ。

「莫迦《ばか》言え。魚には、本当にそういう効き目があるんだ。特に鯖《さば》とか鰯《いわし》とか秋刀魚《さんま》みてえな、背の色の青い魚がいい。卒中を起こした円丞師匠だって、俺に言われたとおり魚を食い続けて、すっかり治ってきたじゃねえか」

お繁とお葉はまたも顔を見合せた。

「確かに。前以上の人気ですよね」

「頭がご無事だったのは、薬だけでなく、魚のおかげでもあるのでしょうか」

「そうだ。口に入れるすべてのものが、躰の隅々にまで通じる」

お葉が淹《い》れたお茶を、道庵は美味《おい》しそうに啜《すす》る。お繁は道庵をまじまじと見つめた。

「道庵先生の頭がいつまでも衰えないのも、魚のおかげかもしれませんねえ。お葉、毎日、先生に魚の料理を作ってあげなさいよ」

「はい！　先生がお元気でいらっしゃらなければ、私たちも困ってしまいますから。魚料理の腕を磨きます」

お葉は笑顔で頷《うなず》く。道庵は頭を掻《か》いた。

「俺の惚けの心配までしてもらって、なんだか悪《わり》いなあ」

「心配してくれる人がいるって、いいことですよ。角右衛門さんの息子さんたちは冷たいような気がします」

「私もお繁さんと同じように思います。でも」

お葉は不意に言葉を途切れさせた。道庵とお繁が、お葉を見つめる。

「どうした。思ったことは呑《の》み込まずに、言ってみろ」

「はい。もしかしたら……息子さんたちに疎まれるようなことを、角右衛門さんがなさっていたのかもしれません。弟さんは、小さい頃からお兄さんとよく比べられていたと聞きました。お兄さんはお兄さんで、横暴で派手な振る舞いをしていたお父《と》っ様のことが、心の底では嫌だったのではないでしょうか」

奉公先で虐《いじ》められていた時、そこのお嬢様と比べられては嫌味を言われ続けたお葉は、桂次郎の気持ちがよく分かるのだ。

道庵は腕を組み、頷いた。

「ご隠居には、長年の付けが回ってきたというんだな。確かに人を比べるのはよくねえ。誰も皆、それぞれよいところがあるもんだからな」

お葉はふと、裏庭の薬草たちを思い浮かべた。薬草だってそれぞれ違った効き目を持っており、生薬の配合にもいくつかの種類がある。例えば相須《そうす》とは、同じ効果を持つ生薬を併せて効果をさらに強める配合だ。相使《そうし》とは、異なる効果の生薬を併せ、主薬の足りないところを補薬で強める配合だ。

――人もそうではないかしら。よいところを認め合い、足りないところを補い合っていければいいのに。

それなのに角右衛門は、自分の子供に優劣をつけようとしたのだ。そのことを、お葉は残念に思う。そして、ふと気づいた。生薬の配合の相使のように、自分と源信も考えが異なる者でありながら、この先、互いに補い合うこともできるかもしれないと。そう思えるようになってきたのも、この前、道庵が舟の上で励ましてくれたからだろうか。

お繁が溜息《ためいき》をついた。

「まあ、ご隠居は、長男に冷たくされて、今になって次男のことを悔いていらっしゃるんでしょうね。でも、後の祭りですよ。次男に許してもらえるまで、待つしかありませんね」

「それしかねえのか。しかし、あんな広い家に下男と二人で暮らしてるのは、やはり寂しいだろう。その寂しさを癒《いや》してやれるのは、家族なんじゃねえかと思うが」

「ご隠居には、仲のよい人はいらっしゃらないんですかね。かつてはいろいろなところで遊んでらしたんでしょう？」

「どうなんだろうなあ。ご隠居はたぶん、将棋が好きだったと思うから、その仲間がいそうだが。今は、付き合いはねえのかもな」

お葉は首を少し傾げた。

「先生はどうして、角右衛門さんが将棋をお好きだったと思われたんですか」

「うむ。いや、まあ、なんとなくだ」

道庵は恍《とぼ》けたように、頬を掻く。お繁が言った。

「いずれにせよ、かつての仲間も去っていって、ご隠居は寂しい日々を送っているってことですね」

お葉は、気になっていたことを口にした。

「あのお家《うち》、お庭が荒れているから、よけいに寂しげに見えるのだと思います。木も枯れているようだったし、草も伸び放題で、花がまったく咲いていなくて。お庭の手入れをすれば、もっと明るい趣になるのではないでしょうか。角右衛門さんも、気晴らしになるのでは」

お繁が手を打った。

「それはいい考えだ。躰を動かすことにもなるしね」

「そうだな。次の往診の時は、お繁さんも一緒に行って、庭の手入れを手伝ってくれるとありがてえぜ」

　お繁は笑顔で頷く。

「ほかならぬ道庵先生の頼みならば、私もご一緒しますよ。お葉、ひとつ、明るい庭を造ろうじゃないか」

「はい。楽しみです」

　お葉も顔をほころばせた。


　角右衛門の寮に赴く前、お葉とお繁は桜草の苗を買った。一株ずつ藁《わら》で包んで、売り歩いている者がいるのだ。一株四文なので、十株纏《まと》めて買っても、二八蕎麦《そば》の三杯分足らずである。

　それを持ち、猪牙舟《ちょきぶね》に揺られて、向島へと向かった。

　往診に現れたお葉たちを見て、三五郎は目を丸くした。手に提げた風呂敷《ふろしき》から、紫紅色の愛らしい花が顔を見せていたからだ。

　道庵が微笑んだ。

「後ほど、庭に植えさせてもらうぜ。あまりに殺風景だからな。ご隠居にも手伝ってもらおうか」

すると三五郎は眉《まゆ》を八の字にした。

「ご主人様はまだ、おみ足が少し痛いようですので」

「でも動けるようにはなったんだろう。厠《かわや》にも一人で行ってるって、この前、言っていたぜ」

「はい。それぐらいは、どうにか」

「ならば、ちょっとした庭弄《いじ》りぐらいはできるだろう。なに、躰ってのは、甘やかし過ぎるのもよくねえんだ。手伝ってもらうぜ。おっと、その前に一応、診とくか」

道庵はそう言うと、ずけずけと上がり込む。お繁とお葉は三五郎に一礼し、後に続いた。


角右衛門は部屋でぼんやりとしていたが、中に入ってきたお繁を眺め、目を瞬かせた。道庵が紹介した。

「うちの診療所の近くで、産婆の仕事をしているお繁さんです。今日から、たまにここにも来て、手伝ってもらいます」

「よろしくお願いします」

お繁が背筋を伸ばして元気な声で挨拶《あいさつ》すると、角右衛門の頬がほんのり色づいた。

自分より九歳下のお繁が、眩《まぶ》しく見えたのだろうか。角右衛門の様子に気づき、お葉はなにやら微笑ましかった。

道庵の鍼《はり》治療と煎《せん》じ薬、塗り薬が相俟《あいま》って効いたのか、角右衛門の左足の腫《は》れはすっかり引き、杖《つえ》をついて歩けるようになっていた。

道庵は念のために今日も鍼を打った。角右衛門は顔を顰《しか》めていたが、お繁の手前か、騒ぐことはなかった。鍼の治療が終わると、角右衛門は道庵に礼を言った。

「鍼を打ってもらうと、いつもすっきりするんだ。躰《からだ》も、頭も」

「そりゃよかったです。鍼はツボを刺激するのでね」

角右衛門の話し方や、落ち着き具合からも、鍼や薬が効いていることが分かる。前のような、ちぐはぐな物言いはなくなってきていて、お葉は目を瞠《みは》った。

――惚《ぼ》けを治すのは難しいと思ったけれど、改善されるものなのね。

三五郎も、道庵の言いつけを守って、食事の支度をしているようだ。

薬を処方して渡すと、皆で庭へと出た。庭を見回し、道庵は顎《あご》を撫《な》でた。

「もともと日当たりはよいと思うのだが、薄暗いのは、この木が邪魔してるからでは」

丈十尺（およそ三メートル）以上の枯木が二本並んで、日差しを遮っている。お葉は頷《うなず》いた。

「私もそう思います。何の木でしょう」

「青木《あおき》です」

三五郎が教えてくれる。一年を通して常緑であるはずの青木の悲惨な姿に、お葉は胸が痛む。お葉は木に近づき、よく眺めながら、三五郎に訊《たず》ねた。

「あの、木の皮を少し削ってみてもよろしいですか」

「もちろん、どうぞ」

「植木用の鋏《はさみ》はございますか」

「確かあったと思いますが。……少しお待ちください」

三五郎は急いで納屋へと走り、鋏を見つけて持ってきた。お葉は三五郎に礼を言い、青木の皮を鋏で少し削った。その跡をよく見て、お葉は言った。

「やはり枯れてしまっています。ご覧ください。茶色くなっていて、乾いて樹液が出てきません」

お葉が削った跡を指差すと、皆の目が集まった。

「枯れていなければ、削った跡は緑色で、樹液がしっとり滲《にじ》み出してくるのです」

道庵が言った。

「お葉の父親は植木職人だったのでね。お葉も草木のことをよく知っている」

するると角右衛門が、感心したような声を出した。

「ほう、そうなんだね。お父《とっ》つぁんにいろいろ教えてもらったんだろう」

お葉は含羞《はにか》みながら頷いた。

「はい。だから、草木のことは、少しは分かっているつもりです。それで、これは青木が病（胴枯病）に罹《かか》ったのだと思います。それを放っておいたから、このようなことに」

角右衛門は呟《つぶや》くように、お葉の言葉を繰り返した。

「木が病に……」

「はい。木も病気になるのです。生きていますから」

角右衛門は、枯れた青木を見上げた。

「もう、治らないのだろうか」

「ちょっと無理だと思います。植木屋さんや庭師さんに見てもらって、もっと早く手当てすれば治ったかもしれませんが」

三五郎がバツの悪そうな顔をした。

「お内儀様がご存命の時は、庭の手入れを欠かさず、庭師に来てもらっていたのです。しかし、お亡くなりになってからは、つい放っておいてしまいまして。ご主人様も私も、庭の手入れにさほど熱心ではなく。……反省しております」

道庵は角右衛門と三五郎を軽く睨《にら》み、にやりと笑った。

「貴方たちが熱心じゃなかったのは、庭を見れば分かりますよ。そこで我々で、この庭を蘇《よみがえ》らせようということになりましてね。もちろん、手伝ってもらいます。貴方たち、庭を台無しにした張本人ですからな」

角右衛門たちは肩を竦《すく》め、頷いた。

お繁がお葉に訊ねた。

「じゃあ、この木は伐《き》ってしまったほうがいいのかね」

「そのほうがいいとは思いますが……。それは、ご隠居様と三五郎さんにお決めいただいたほうがよいのではないかと。木には霊が宿るといいますから」

角右衛門と三五郎は、目と目を見交わす。角右衛門が声を響かせた。

「そうか。では、思い切って、伐ってしまおう」

薄暗い庭に、一瞬、静寂が漂った。道庵が訊ねた。

「本当によろしいんですね」

「ああ。お祓《はら》いをすれば大丈夫ではないかな。そして、新しい木を植えよう。今度は決して枯れさせない。健やかに育てるんだ」

道庵とお葉、お繁たちも顔を見合せる。お葉が声を弾ませた。

「それがよろしいと思います。伐る前に、青木に今までの感謝と、枯らしてしまったお詫《わ》びをお伝えになれば」

「そうしよう。伐るのは、植木屋か庭師に頼むのがいいのだろうか」

角右衛門が首を傾げると、道庵が申し出た。

「私と三五郎さんで伐ってもいいですよ。これぐらいの木ならば伐れるでしょう。既に、ぐらぐらしていますし」

道庵は木を手で押しながら、確かめる。お繁が眉根《まゆね》を寄せた。

「これならば、やはり伐ったほうがいいですね。嵐が吹いたりしたら倒れそうで、危ないですよ」

「伐りましょう。私も手伝います」

お葉はやる気に満ちた面持ちで、拳《こぶし》を握る。するとお繁まで拳を握った。

「お葉がその気なら、私も手伝うよ」

角右衛門は洟《はな》を少し啜《すす》った。

「皆さん、ありがとう。後で仕出しを何か取りますので、よろしくお願いします」

「よし、取りかかるか」

道庵の力強い声に、お葉たちは揃《そろ》って頷いた。

伐る前に、お葉が角右衛門に教え、お祓いをした。清めの酒を幹にかけ、塩を木の四隅に置いて手を合せる。この時に、今まで家を守ってくれた感謝と、伐採することを決めたお詫びを、木に向かって述べる。

角右衛門が青木に向かって深く礼をすると、お葉たちも倣った。

風が吹き、枯れ枝が揺れる。角右衛門に、返事をしているかのようだった。

それから、お葉とお繁と三五郎が木を支え、その根元を道庵が斧《おの》で伐っていった。幸いそれほど太くないので、あまり手間はかからなかった。残った切り株も地面すれすれで伐り、土を被《かぶ》せて平らにする。

枯れた木を二本伐ると、日当たりは目覚ましくよくなった。すっきりとした光景に、角右衛門は目を細めた。

「これは明るくなったな。見違えた」

「新しい木は何を植えましょうかね」

お繁が笑顔で訊ねると、角右衛門は首を傾げた。

「さて、何がいいだろう」

角右衛門は、ぱっと浮かばぬようだ。そこでお葉が意見した。

「灯台躑躅《どうだんつつじ》は如何《いかが》でしょう。春には白い花が咲き、秋には真っ赤に紅葉しますよ」

お葉は亡父から聞いて、江戸の土壌では、躑躅《つつじ》が育ちやすいことを知っていた。

それゆえ草木に詳しくない角右衛門と三五郎でも、手入れがしやすいと思ったのだ。

角右衛門は大きく頷いた。

「一年に、見頃が二度あるということか。それでよい。灯台躑躅にしよう」

「お葉、よい案を出したじゃない」

お繁に褒められ、お葉は含羞む。道庵も笑みを浮かべていた。

「躑躅なら、それほど大きくはならねえよな」

「育っても、十尺足らずでしょう。剪定《せんてい》を怠らなければ、日当たりは悪くならないと思います」

三五郎はお葉に約束した。

「これからはちゃんと剪定するようにします。しかし、枯木が庭にあるかないかで、これほど様子が変わるとは。驚きました」

「わしもだ」

角右衛門が頷《うなず》く。明るくなった庭に、水色がかった鵯《ひよどり》が飛んできて、お葉は思わず駆け寄った。

それからお葉とお繁で、庭の片隅に桜草の苗を植えた。たすき掛けをして、着物を少し端《はし》折《よ》って、精を出す。角右衛門は杖《つえ》をつきながら、土を弄《いじ》るお繁とお葉の姿を眺めている。

お繁が声をかけた。

「ご隠居様も、苗を植えてみませんか。手伝っていただけるとありがたいです」

「え、わしが？」

「そうです。ご自分の庭なのですから、やはりご自分で植えてみないと。これから手入れなさっていくのでしょう」

角右衛門は三五郎に目をやる。三五郎が進み出た。

「私がお手伝いします」

するとお繁はぴしゃりと言った。

「いえ、ご隠居様に植えてもらいたいのです。このような土弄りも、病に効き目があるんですよ」

「お繁さんの言うとおりです。ご隠居様に植えてもらえれば、お花たちも喜ぶと思います」

お葉とお繁に見つめられ、角右衛門は目を瞬かせた。

「そうだろうか」

「ご隠居の足はだいぶよくなっています。苗ぐらい植えられますよ。ほら、私に摑《つか》まって、しゃがんでみてください」

道庵が角右衛門を支え、しゃがませる。お葉とお繁が鍬《くわ》で土を掘り起こしたので、苗を置いて土を被せるだけでよい。角右衛門に教えながら、お繁は微笑んだ。

「どうです。易しいでしょう」

「いや、まあ、そうだが、慣れていないからな」

お葉も教える。

「被せたら、手で土を優しく押さえて、均《なら》してみてください」

「こうか」

額に微《かす》かな汗を浮かべ、手を土塗《まみ》れにしている角右衛門を、道庵は優しい眼差《まなざ》しで見守っていた。

桜草を植え終えると、お葉たちは立ち上がった。十株でも、色褪《いろあ》せていた庭が、ぐっと華やいで見える。

「素敵です……」

お葉が思わず呟《つぶや》くと、皆も頷く。道庵に支えられながら、角右衛門が息をついた。

「桜草の色のせいか、またいっそう明るくなったな」

「土弄りも、たまにはいいものでしょう？　こんなに広い庭なのですから、いろいろ植えてみましょうよ」

お繁に微笑まれ、角右衛門も笑みを浮かべた。

「少しずつ、植えていくか」

「ご主人様、楽しみが増えましたね」

三五郎が言うと、色づき始めた庭に、笑い声が穏やかに響いた。


角右衛門はお礼のつもりで仕出しを取りたいようだったが、お葉たちは丁寧に断り、台所を貸してもらって、持ってきたもので料理を始めた。

材料は、スルメ、牛蒡《ごぼう》、山芋、そして生薬の何首烏《かしゅう》、当帰《とうき》、枸杞《くこ》。

何首烏とは、ツルドクダミの根の塊を乾燥したものだ。ツルドクダミといってもドクダミの種類ではなく、蓼《たで》の種類である。その生薬である何首烏には、強壮のほか、髪を黒くする効き目などがあり、幕府でも不老不死の妙薬として重宝されていた。

枸杞も清（中国）では古《いにしえ》より不老長寿の薬といわれ、当帰には躰《からだ》を温め血の巡りをよくする効き目がある。

お葉とお繁は鍋《なべ》を火にかけて湯を沸かすと、まずは生薬を煮出し、それにスルメと牛蒡と山芋を加え、醬油《しょうゆ》や味醂《みりん》で味を調えながら、一緒に煮込んでいった。いわゆる薬膳《やくぜん》料理であるが、スルメから滲《にじ》み出る旨《うま》みが、生薬の癖のある味を和らげる。

角右衛門は三五郎と道庵と一緒に、お葉たちが作る様子を眺めていた。料理ができると、皆で鍋を突いて食べた。何首烏を使ったので汁が真っ黒になり、角右衛門は神妙な顔をしていたが、美味《おい》しそうな匂いにつられて、口をつけた。

「うむ。これは、なかなか」

汁を啜《すす》り、角右衛門は息を漏らす。お葉とお繁は微笑み合った。角右衛門は忽《たちま》ち椀《わん》を空にして、お繁によそってもらった。

「スルメが軟らかくなっていて、旨い」

嚙《か》み締める角右衛門に、道庵が微笑んだ。

「よく噛むことは、躰にもよいのです。頭の働きも鈍らなくなります」

「そうなのか。これから毎日、よく噛んで食べることにしよう」

角右衛門は三五郎に目を向けた。

「この料理の作り方をお繁さんたちから聞いて、今度はお前が作ってくれ」

「かしこまりました」

三五郎は承知するも、お繁は少々厳しかった。

「料理をすることも、きっと頭の働きをよくしますよ。ご隠居様、料理もお手伝いされては如何《いかが》でしょう」

「料理か……うむ」

眉《まゆ》を八の字にする角右衛門を見やり、道庵が笑った。

「いきなり何でもかんでも手伝うことは、まだできませんよね。無理せず、少しずつでいいですよ。お繁さん、長い目で見てやろうぜ」

「さようですね。ちょいと、うるさく言い過ぎました」

お繁が肩を竦《すく》めると、角右衛門が首を横に振った。

「いやいや、そういう人がいるとありがたい。女房が亡くなってから、わしにうるさく言ってくれる人はいなくなってしまったからな」

「なら、これからも、うるさく言わせていただきますよ。覚悟なさってください」

お繁の返事に、角右衛門は照れくさそうに頭を掻《か》く。お葉は感じていた。初めて訪れた時は、侘《わび》しさが漂っていたこの広い家に、穏やかな空気が流れ始めていると。

鍋は忽ち空になり、あまった汁で饂飩《うどん》を煮て、皆で舌鼓を打った。


三五郎に見送られ、お葉たちは玄関を出た。去り際に、道庵は三五郎に言った。

「ご隠居、よくなってきているな」

「おかげさまで。以前のようにぼんやりすることもなくなって参りました。話すことも、ちゃんとして参りましたし」

「よかったぜ。ところで、次男坊のことはまだ何か言っているかい」

三五郎は溜息《ためいき》をついた。

「はい。桂次郎様のことは、まだ時折、仰います。やはり気にしていらっしゃるようです」

「そうか」

道庵は顎《あご》を撫《な》でた。

三五郎に一礼し、お葉たちは並んで帰っていった。夕焼け空が広がり、烏の啼き声が聞こえていた。

診療所に着くと、源信の姿があった。どうやら道庵たちが帰ってくるのを待っていたようだ。

源信は相変わらず厚かましい態度で、道庵に話しかけた。

「往診にいっていたのか」

「そうだ。で、いってえ何の用だ」

「つれない言い草だな。本を返しにきたってのに」

源信は袂《たもと》から本を取り出し、道庵に渡した。医術の書を借りていたようだ。

「おう、ちゃんと返すって訳か。お前に貸したら、二度と返ってこねえと思っていたぜ」

「相変わらず憎々しいな」

「お互い様よ」

またしても微かに火花を散らす二人に、お葉ははらはらするも、お繁は笑いを嚙み殺している。

「本は確かに受け取ったぜ。またな」

道庵が格子戸の錠を外して中に入ると、お繁、お葉に続いて、源信も入ってきた。

道庵は眉根《まゆね》を寄せた。

「まだ何か用があるのか。お前も暇だな」

「忙しい中を縫って来たんだよ。先生に話があってさ」

道庵は溜息をつき、お葉を見た。

「おい、茶ぐらい淹《い》れてやってくれ」

「かしこまりました」

お葉は急いで、奥の薬部屋に行く。火鉢はもう仕舞っているから、七輪を使ってお湯を沸かし始める。火消し壺《つぼ》に入れておいた炭にまだ火が残っていたので、それを使う。

源信の大きな声が、奥にまで聞こえてきた。

「ちょいと耳に挟んだんだが、先生、鵜澤屋の元大旦那《おおだんな》を診てるそうだな。その治療、俺にも手伝わせてくれないか。どうしても買いたい本があって、入用なんだ」

どうやら源信は分け前がほしくて、道庵に話を持ちかけるためにここを訪れたようだ。だが、道庵の答えはすげなかった。

「いや、よくなってきているから、お前の助けは必要ねえよ」

「いったいどんな病なんだ」
「惚《ぼ》けと、それによる怪我だ。でもだいぶ治ってきているぜ」
「惚けは、治ったように見えても油断できないというが。よくなったり悪くなったりを繰り返すのではないか」
「だから、あらゆることをして、悪くなるのを防いでんだよ」
「惚けを完全に治すってことは、できないのだろうか」
「それが分かれば苦労はねえよ」

お葉はお茶を淹れながら、聞き耳を立てる。少しの間の後、源信が声を響かせた。

「頭のツボをエレキテルで刺激してみるってのは、どうだろう」

耳慣れない言葉に、お葉は思わず手を滑らせそうになる。

――エレキテルって何かよく分からないけれど、きっと南蛮から来たものよね。それで頭を刺激するなんて、如何《いか》にも源信先生が思いつきそうなことだわ。……でも、本当に効き目があるのかしら。

ちなみにエレキテルとは摩擦を利用した、静電気の発生装置である。もともと阿蘭陀で発明されて、見世物や医療器具として用いられ、宝暦《ほうれき》元年（一七五一）頃に阿蘭陀人が幕府に献上した。そして安永《あんえい》五年（一七七六）に平賀《ひらが》源内《げんない》が、長崎で手に入れたそれを修理して復元したのである。

お葉が眉を八の字にしていると、道庵の声が響いてきた。

「エレキテルか。どうだろうな。よけい酷《ひど》くなることがあるから、刺激すりゃいいってもんではねえぜ。それによ、火傷《やけど》したりしたらどうすんだ」

「火傷か。……無きにしも非《あら》ずだな」

するとお繁の声も聞こえてきた。

「火傷ならまだいいですが、下手に刺激して、頭の中の血管が切れたりしたら怖いじゃないですか。頭の中って、いろんなものが詰まってますでしょう」

お葉の顔が強張《こわば》る。円丞師匠がここに運ばれた時のことを思い出したのだ。頭を下手に弄《いじ》るのは、確かに怖い。

だが、源信は厚かましかった。

「でもさ、俺なら絶対に失敗しないから、エレキテルの治療をさせてもらえないか？　道庵先生が頭に打った鍼《はり》に、エレキテルから発せられる静電気を流しても効き目はありそうだ」

「そんなことをして死んじまったらどうするんだ」

「死なねえよ。我ながら、よい思いつきだ。その術だと、死人を生き返らせることだってできるかもしれない」

「もし試してえのなら、お前の患者で試してくれ。決めた。お前には絶対に、角右衛門さんの治療はさせねえからな」

「そうかよ、石頭。邪魔したたな」

「おう、そのとおり邪魔だ。さっさと帰れ」

床を踏み鳴らす音の後、格子戸を勢いよく閉める音が響いた。

お葉がお茶を持って恐る恐る戻ると、道庵が苦々しい顔で腕を組んでいた。お繁は些《いささ》か呆《あき》れたような面持ちで、息をついた。

「源信先生の考え方には、私たちはちょっとついていけない時がありますねえ」

「蘭方《らんぽう》にかぶれたりすると、ああなるんだ」

道庵は、源信が出ていったばかりの格子戸を睨《ね》める。

お葉は二人にお茶を出し、あまったのは自分で飲んだ。

三

卯月《うづき》（四月）になり、衣替えが済むと、江戸の町はますます軽やかに活気づいてくる。浅草は花川戸町《はなかわどまち》に往診にいった帰り、道庵とお葉は、角右衛門の次男の桂次郎を訪ねてみることにした。

浅草寺の近くの西仲町へ赴き、訊《たず》ね歩くと、桂次郎が営む瓦版屋《かわらばん》〈桂文堂《けいぶんどう》〉はすぐに見つかった。

道庵とお葉は、格子窓から中の様子を窺《うかが》った。桂次郎は手代たちと威勢よく仕事をし、瓦版屋を繁盛させているようだ。

――お兄さんは落ち着いていたけれど、弟さんはずいぶん快活な感じだわ。

お葉は目を瞠《みは》る。少しして、奥から二つぐらいの男児を負ぶった女が出てきて、桂次郎に声をかけた。

「お前さん、今日の昼餉《ひるげ》もおにぎりと玉子焼きでいいかい？」

「おう！　皆、それでいいよな」

桂次郎が大声で訊ねると、手代たちは揃って頷《うなず》いた。

「おかみさん、いつもすみません」

「俺たち、おかみさんが作るおにぎり、大好物なんで」

女は桂次郎の女房のようだ。愛嬌《あいきよう》のある、気のよさそうな女房は、笑顔で答えた。

「あいよ！　美味《おい》しいものを作るから、任せておいて」

そして、男児を負ぶった姿で、奥へと戻っていく。

父親の角右衛門と確執はあったようだが、桂次郎は今、幸せなのだろう。桂次郎の様子を見て、お葉までなにやら安堵《あんど》し、心が温《ぬく》もった。

「入ってみるか」

道庵の言葉に、お葉は頷く。二人が戸を開けると、皆の目が一斉に集まった。桂次郎は一瞬怪訝《けげん》な顔をし、道庵とお葉の身なりを見ながら訊ねた。

「お医者ですよね。うちは往診を頼んでませんが」

道庵とお葉は頭を下げた。

「往診できたのではねえんだ。俺たちは、お前さんのお父《とっ》つぁんを診ている者だ。それで、お父つぁんのことで話があってね」

桂次郎の顔が強張る。道庵は続けた。

「申し遅れた。俺は、神田は須田町の本道の医者、挙田道庵。こっちは弟子のお葉だ」

「先生と一緒に、角右衛門様を看《み》させていただいております」

薬箱を抱え、お葉は再び礼をする。

桂次郎は、道庵とお葉を眺めながら少し考え、返事をした。

「いいでしょう。外に出ましょう」


三人は表へ出て、少し歩いたところの山法師《やまぼうし》の木陰で話をした。

道庵から角右衛門のことを聞くと、桂次郎は複雑そうな面持ちになった。

小さい頃から兄と比べられ、自分が疎んじられていることを、桂次郎はよく分かっていたようだ。それで父親と大喧嘩《おおげんか》をして出ていったという訳だが、その父親が弱まってきていると聞いて、桂次郎は顔を曇らせた。

道庵は言った。

「今はよくなっているが、心配事がなくならない限り、また惚《ぼ》けの兆候が出てくることもあるんだ。お父つぁんの心配事とは、お前さんのことだろう。お父つぁんは、お前さんに会いたがっている。どうだい、久しぶりに顔を見せてやってくれねえか」

しかし桂次郎は躊躇《ためら》った。

「お父つぁんは俺のことを嫌っていたんですよ。惚けてきたから、そう言っているだけで、俺が会いにいったって、別に嬉《うれ》しくはないんじゃないかな」

道庵は強い口調で返した。

「そんなことある訳ねえだろう。本当に嫌っていたら、どうして今頃になって、お前さんのことをそれほど気に懸けるんだい？」

「それは……兄さんに冷たくされたからではないだろうか」

道庵は桂次郎を見据えた。

「それだけではねえだろう。こうも考えられねえか。時が経って、お父つぁんはお前さんのよさが、ようやく分かったんだと」

桂次郎は目を上げて、道庵を真っすぐに見る。道庵は続けた。

「たとえばよ、俺は若い頃、椎茸《しいたけ》ってあまり旨《うま》いとは思わなかったが、年を取ってからその旨さが分かるようになったんだ。歯応《はごた》えといい、滲《にじ》み出る旨みといい、最高だ。だがよ、若い頃は旨いと思ってよく食っていたカリントウが、近頃は胃ノ腑《ふ》にもたれて、受けつけなくなっちまった。こんなふうに、齢とともによさが分かったり、好みや考え方が変わることってねえかい？　お前さんは食いもんではねえのに、食いもんの喩《たと》えで悪いがよ」

道庵は眉《まゆ》を掻《か》く。

ちょうどこの時季、山法師の木は、可憐《かれん》な花を咲かせ始めている。薄《うっす》らと緑がかった白い花に目をやりながら、桂次郎はぽつりと答えた。

「お父つぁんに会うこと、考えてみます」

お葉も山法師の花を眺めつつ、笑みを浮かべた。

角右衛門の寮の庭では桜草がまだ愛らしく咲いている。その庭に面した部屋で、角右衛門と桂次郎は久方ぶりに会った。道庵とお葉も付き添っていた。

角右衛門は目を細めて桂次郎を見る。桂次郎も、父親を真っすぐに見ていた。開けている障子窓から、穏やかな風が吹き込む。角右衛門は桂次郎に深々と頭を下げた。

「すまなかった」

角右衛門の目から涙がこぼれる。道庵が察していたように、角右衛門は年を取って、桂次郎のよさが分かったのだ。

桂次郎は子供の頃からやんちゃで、優秀とは言えなかったが、弱い者を庇《かば》って強い者に立ち向かっていくような、心優しい面を持っていた。情や義に厚い性分が、不正を暴く瓦版屋の道へと進ませたのだろう。

角右衛門は自分が若かった頃は、桂次郎のそのようなところが忌々《いまいま》しかったのだ。情や義に厚くても一文の得にもなりはしないと、思っていたからだ。根っからの商人だった角右衛門は、すべてのことにおいて損得で考えるようなところがあった。

ところが年を取り、玉太郎に冷たくされて、桂次郎のことを思い出すたびに、彼のよさに気づいていった。桂次郎は桂次郎なりに楽しく充実した暮らしをしているようで、角右衛門は、はたと思った。

損得に拘《こだわ》っていた自分こそが、今になって最も損をしているのではないかと。

桂次郎のよさを認めてあげることができなかったかつての自分を、角右衛門は責めていたのだ。それがゆえの、桂次郎への詫《わ》びだった。

桂次郎は暫《しば》し黙っていたが、首を横に振って掠《かす》れた声を出した。

「もう、いいよ」

角右衛門は腕で涙を拭《ぬぐ》い、桂次郎に何度も謝る。

「許してほしい」

「だから、済んだことだって」

苦い笑みを浮かべる桂次郎を、角右衛門は自信なさげに上目遣いで見る。二人を眺めながら、お葉は思った。

——なんだか、悪いことをした子供が、親に許しを請うているようだわ。ご隠居様と息子さん、立場が逆転しているみたい。

この二人は、一時は親子の縁を切ったかのようだった。だが、十三年ぶりに会い、角右衛門は自分の非を息子に謝り、桂次郎は父親を労《いた》わっている。

お葉は気づいた。人と人との仲を、このように、時が解決することもあるのだと。

角右衛門が咳《せき》をすると、桂次郎はその背中にそっと手を当てた。角右衛門は目を潤ませ、息子にもたれかかる。

角右衛門は桂次郎に会い、気持ちが昂《たかぶ》っていたようだが、少し落ち着いてくると、道庵に体調を診てもらった。

お葉は道庵を手伝いながら、ぼんやりと思った。時が経てば、いつか自分も、自分を虐《いじ》めていた者たちと和解できるようになるのだろうかと。だが、それはお葉にとってはやはり難しい問題で、すぐに答えを出すことはできなかった。

道庵が角右衛門に鍼《はり》を打つ間、お葉と桂次郎は庭に下り、日溜《ひだ》まりに佇《たたず》みながら話をした。桂次郎は庭を見回し、腕を組んだ。

「小さい頃、たまにここに連れてきてもらったから、微《かす》かに覚えている。なんだか、ずいぶん変わったような気がするな」

「寂しくなりましたか」

「いや、明るくなったように見える。どうしてなんだろう」

もしや桂次郎の心の曇りが取れたので、そう見えるのかもしれない。お葉はそう察しつつ、答えた。

「お庭に立っていた青木が枯れてしまっていたので、伐《き》らせてもらったのです。もちろん、ご隠居様のお許しを得て。そのせいではないでしょうか」

「そうかもしれないな。確かに、木が二本ぐらい立っていたような気がする。また新しい木を植えるのだろうか。今のままでもよいと思うが」

「ご隠居様は、灯台躑躅《どうだんつつじ》の木を植えることに乗り気でいらっしゃいます」

「躑躅か。ならば育てやすくて、いいかもしれないな。花も美しいし」

お葉は微笑んだ。

「植える時は、桂次郎さんも手伝って差し上げれば？　ご隠居様、喜ばれると思います」

桂次郎は照れくさそうに、目を伏せた。

「そうかな」

「はい。よろしければ、苗木の植えつけ方などお教えします。私のお父《とっ》つぁんは植木職人だったので、私も少しは知っているのです」

「そうか。それは心強いな。よろしく頼む」

雀がどこからか飛んできて、お葉たちの足元に近づいてくる。日溜まりの中、二人は笑みを交わした。

「お父《と》っ様に会ってくださって、本当によかったです」

桂次郎は振り返って、父親に目をやりながら、ぽつりと言った。

「なんだかお父つぁん、赤ん坊に戻ってきているみたいだ。……年を取るって、そういうことなのかもしれないな」

お葉も角右衛門を眺めながら、思う。昔は傲岸《ごうがん》だった者も、時が経ち、様々な思いをすることによって、変わってしまうこともあるのだと。

時が経ち、自分も少しずつ変わってきているように。

――人は赤子としてこの世に生まれ、世間に揉《も》まれて育ち、人生を送り、また赤子のような無邪気な魂へと戻って、あの世へと帰っていくのかしら。

角右衛門は腰が痛むようで、横たわり、道庵に鍼を打ってもらっている。

桂次郎がお葉に訊《たず》ねた。

「兄さんは、まったく訪ねてこないのだろうか」

「そのようです。お仕事がお忙しいのでしょうか」

桂次郎は口を閉ざし、再び腕を組む。押し黙ってしまった桂次郎の横顔を、お葉は見つめていた。

道庵の治療が終わると、桂次郎は自分が作っている瓦版《かわらばん》を角右衛門に見せた。

角右衛門は指を舐《な》めながら捲《めく》り、じっくりと読み耽《ふけ》る。熱心に目を通した後で、微笑んだ。

「面白い。たいしたものだ」

桂次郎は頭を掻《か》き、道庵とお葉は笑みを浮かべる。道庵が言った。

「ご隠居、これからなるべく、瓦版を読むようにしては如何《いかが》です。頭の働きがよくなりますよ」

角右衛門は頷《うなず》いた。

「それはいい考えだ。桂次郎が作った瓦版を毎日読もう」

桂次郎は、鼻の頭を軽く掻いた。

「毎日は無理かもしれないけれど、三日に一度、纏《まと》めてここへ届けにくるよ。俺が来られない時は、女房か手代に来させるんで」

角右衛門は目尻《めじり》を下げた。

「それはいい。お前の女房に会ってみたいよ」

「お遼《りょう》っていうんだ。俺より一つ上で、家と店をしっかり守ってくれているよ」

「ほう。姉さん女房かい。お前、さては、金の草鞋《わらじ》を履いて探したな」

笑い声が溢《あふ》れる。三五郎も嬉《うれ》しそうな顔で話を聞いている。桂次郎は鼻の頭をまた少し掻いた。

「二つになる、息子の桂太《けいた》もいるから、今度、皆で会いにくるよ」

「おお、それは、それは。孫の顔が見られるなんて、嬉しいじゃないか」

角右衛門の目がまた潤む。

不器用にも心を寄せ合っていく父親と息子が、お葉は微笑ましかった。

——長年、蟠《わだかま》りがあったみたいだけれど、意地を張っていただけで、本当はお二人とも打ち解け合いたかったのかもしれないわ。ご隠居様だけでなく、桂次郎さんも。やはり、親子なのね。

桂次郎はもう少し留《とど》まると言うので、道庵とお葉は先に帰った。

両国へと戻る猪牙舟《ちょきぶね》の上、お葉の心は温《ぬく》もっていた。道庵もまた然《しか》りのようだった。

桂次郎は父親にもっと楽しんでもらうため、瓦版に判じ絵（なぞなぞ）なども載せるようになった。判じ絵の謎を解くことは、頭の老いの予防にもなる。

するとそれが角右衛門のみならず、多くの年寄りや子供たちにも受けた。そこで桂次郎は、年寄り向けの面白い読み物も載せることを思いついた。子供たちにも喜んでもらえるように、主人公はお爺《じい》さんと孫だ。その二人が、町で起こる様々な事件を解決していく。

この読み物も評判を呼び、桂次郎が作る瓦版の売り上げはさらに伸びていった。

卯月《うづき》も半ばになると、日中は汗ばむこともある。

角右衛門の体調は落ち着いてきて、怪我もしなくなっていた。食事をしたことを忘れるようなこともない。だが角右衛門自ら、薬と鍼の治療を続けたいと言うので、道庵とお葉は四日に一遍、往診にいっていた。

麗《うら》らかな陽気の日、道庵とお葉は浅草は花川戸町に往診にいった帰り、浅草寺で手土産を買い、それを持って桂次郎のところに寄ってみた。

「道庵先生、お葉さん、いらっしゃいませ」

桂次郎は明るく迎えてくれる。手代がお葉たちを中へ通した。

奥の居間で、道庵とお葉は出されたお茶を飲みながら、桂次郎と話した。

「おかみさんは留守のようだな」

「今、息子と一緒に、お父つぁんのところに行っています」

「ご隠居も喜んでいるだろうよ」

「ええ。孫はもう、目に入れても痛くないようで、すっかり好々爺《こうこうや》ですよ。鵜澤屋を守《も》り立てていた頃の面影など、ありません」

「孫を抱き締めて目尻を下げているご隠居の姿、目に浮かぶぜ」

道庵とお葉は微笑み合う。

桂次郎は仕事があるので、それほど頻繁には向島に行けないが、女房のお遼がしばしば赴き、三五郎と一緒に角右衛門の世話を始めたようだ。

道庵とお葉は往診にいった際、一度、寮でお遼と桂太に会って、挨拶《あいさつ》をしている。お遼は気さくで、桂太は人懐っこく、角右衛門にも気に入られているようだった。

桂次郎が言った。

「ひっそりとしていた寮が賑《にぎ》やかになったと、三五郎も喜んでいますよ。お遼も土弄《いじ》りが好きみたいで、お父つぁんと花や野菜の苗を植え始めました」

お葉は思わず声を上げた。

「まあ、お野菜もですか」

「ええ。茄子《なす》と大葉の苗を植えたそうです」

「楽しみですね」

「ちゃんと育ちましたら、お裾分《すそわ》けしますよ」

「嬉しいです！　どちらも大好きです」

　お葉が声を弾ませると、道庵と桂次郎は笑った。

　角右衛門の惚《ぼ》けは、やはり寂しさも原因だったのだろう。桂次郎一家のおかげで、具合がだいぶよくなっているようだ。

「近いうちに俺も行って、新しい木を植えようと思っています。お葉さんが考えてくれた、灯台躑躅《どうだんつつじ》を」

「その時は私もお手伝いしたいです。……よろしければ、先生と私が次に往診にいく時、ご一緒しませんか。もしご都合がつくようでしたら」

「うむ。それがいいと思う。俺も手伝いたいしな。どうせなら皆で植えようぜ」

　道庵が同調すると、桂次郎は大きく頷いた。

「先生とお葉さんのご厚意、嬉しく思います。なんとしてでも都合をつけますので、よろしくお願いします」

「おう。それでよ、木を植える前に、皆で藤見にいかねえか？　亀戸天満宮《かめいどてんまんぐう》は、寮とそれほど離れてねえだろ。俺、藤の花が好きなんだ」

お葉は道庵を見つめた。道庵は好き嫌いをあまり言わないほうだが、好きなものをまた一つ知ると、なにやら嬉しくなる。

口には出さなかったが、お葉は道庵が藤の花を好むというのが、分かるような気がした。落ち着きのある彩りと、情緒のある枝垂れの咲き方が、道庵を惹《ひ》きつけるのだろう。

——藤の花は、香りもよいですもの。

美しいだけではなく、木の瘤《こぶ》は生薬となり、胃ノ腑《ふ》の腫物《はれもの》（癌）などに効き目を現す。

お葉も急に藤見をしたくなり、胸の前で手を組む。桂次郎は笑顔で膝《ひざ》を打った。

「それはいいですね。お父つぁん、散歩もできるようになりましたし、藤見に連れていったら喜ぶと思います。すっかり花を好きになっていますし」

「じゃあ、そうしよう」

「素敵です。私も楽しみです」

お葉はまた声を弾ませた。

それから日にちの相談をした。桂次郎は道庵とお葉の都合に合せると言うので、診療所が休みの日に決めた。

「悪いな。合せてもらって」

「お気になさらず。俺のほうは、手代たちがいるので、仕事を任せて出られますんで」

「さすがは主人だ。頼もしいぜ」

道庵と桂次郎は、顔を見合せ、笑みを浮かべる。道庵はお葉に告げた。

「その日は、お繁さんと一緒に、皆の分の花見弁当を作ってくれねえか」

「はい。張り切って作ります」

嬉々《きき》とするお葉を眺めながら、桂次郎が言った。

「お遼にも何か作ってもらうんで、それぞれ持ち合いましょう」

「そりゃいいな。ご馳走《ちそう》だ」

「いっそう素敵なお花見になりそうです」

お葉の胸が高鳴る。気の合った者たちで、藤の花を見にいくなど、初めてのことだ。両親が健在だった頃は一緒に行ったことがあるが、それ以外ではない。

お葉は今夜、藤の花の夢を見るのではないかと思うほど、昂《たかぶ》っていた。

桂次郎と約束をし、道庵とお葉は桂文堂を後にした。その帰り道、道庵がぽつりと言った。

「ちょいと日本橋に寄っていかねえか」

お葉は首を傾げた。

四

藤見の日は、幸い、晴天だった。お葉は道庵とお繁と一緒に、弁当を抱えて向島へと向かった。角右衛門の寮には、既に桂次郎の家族が集まっていた。

お繁とお遼は初めて顔を合せたが、すぐに打ち解けた。朗らかなお遼のことを、お繁も気に入ったようだ。

「お花、見にいくの？　みんなで見るの？」

桂太が騒ぐ。その愛らしさに、角右衛門だけでなく、お繁とお葉も目尻《めじり》を下げる。

道庵も頰を緩めていた。

皆でぞろぞろと寮を出て、亀戸天満宮へと向かった。だが角右衛門はまだ無理をしてはいけないので、三囲稲荷《みめぐりいなり》のあたりで猪牙舟《ちょきぶね》に乗り、隅田川から北十間川《きたじっけんがわ》へと逸《そ》れて、天満宮の近くまで渡った。

その間、角右衛門は桂太を膝に載せ、広がる景色を眺めていた。三五郎が声をかけても返事がない。木々の葉が青々と繁る光景に、角右衛門は見惚《みと》れているようだった。

——ご隠居様は、外に出られるのも久しぶりなのかもしれないわ。

お葉は優しい眼差《まなざ》しで、角右衛門を見つめる。川面《かわも》に浮かぶ水鳥に、桂太は祖父の膝の上ではしゃぐ。角右衛門は孫の頭を撫《な》でていた。

船着き場に着くと、角右衛門は桂次郎と三五郎に支えられながら猪牙舟を下りた。三五郎が支えたままでいると、角右衛門は言った。

「一人で歩けるから大丈夫だ」

三五郎は不安げな面持ちで、手を離す。角右衛門は杖《つえ》を手に歩き始め、皆も続いた。

澄んだ空に、筋のような雲が流れている。皆、角右衛門を見守りながら、歩を進める。角右衛門の足取りは、思いのほかしっかりしていて、もうすぐ杖がなくても歩けそうだ。

天満宮が近づくと、藤の花の香りが、仄《ほの》かに漂ってきた。お葉は目を瞑《つぶ》り、大きく吸い込んだ。

中は、多くの人で賑わっていた。太鼓橋が架かる心字池《しんじいけ》に沿って、藤棚が巡らされ、枝垂れる藤が、池を紫色に染めている。その美しい光景に、お葉は目を瞠《みは》り、昂る胸を手で押さえた。

「なんだか夢を見ているみたいに綺麗《きれい》だねえ」

お繁が感嘆の息をつくと、お遼も頷《うなず》いた。

「桜や桃とはまた違った艶《つや》やかさですね。……ねえ、お前さん、ここの藤の見事さを瓦版《かわらばん》で紹介してみては？」

桂次郎はお遼を振り返り、目配《めくば》せした。

「そのつもりだ。よい記事を書くぜ」

「瓦版屋は何でも仕事に繋《つな》げられるから、いいな」

道庵が口を挟むと、笑いが起きる。角右衛門も意見した。

「藤の見事さだけじゃなくて、集まっている人たちの様子も書いてほしい。家族連れや恋人同士だけでなく、一人で来ている者もいるようだ」

皆、立ち止まり、周りをよく見回す。角右衛門が言うとおり、一人で藤を見にきている者も結構いた。

「皆が好む桜とは違って、藤はやはり通好みなのかしら」

お遼が言うと、桂次郎は首を傾げた。

「いや、そんなことはないと思うが。藤も皆に好かれているだろう。だが、妙齢の女が一人で藤を見にくるって、何か訳がありそうで、いろいろ訊《たず》ねてみたくなるな。瓦版屋としての血が騒ぐぜ」

「おいおい、熱心なのはいいが、今日ぐらいは仕事を忘れろ」

「そうですよ。皆でよい眺めに見惚れましょう」

道庵とお繁に諭され、桂次郎は肩を竦《すく》める。すると息子の桂太までその素振りを真似し、また笑いが溢《あふ》れた。


一回りして藤を堪能《たんのう》した後、休み処へと行き、皆で床几《しょうぎ》に腰かけ、弁当を広げた。おおっ、と声が上がる。

お葉とお繁が作った弁当の内容は、刻んだ赤紫蘇《しそ》を混ぜて握ったおにぎり、鰺《あじ》の塩焼き、鰹節《かつおぶし》を塗《まぶ》した筍《たけのこ》の煮物、茹《ゆ》でた蚕豆《そらまめ》、蕗《ふき》の漬物。

お遼が作った弁当の内容は、梅干しを入れたおにぎり、薇《ぜんまい》と油揚げの煮物、白子《しらす》と分葱《わけぎ》の玉子焼き、独活《うど》の漬物。

たっぷりの量の弁当を、皆で早速、味わう。青空の下、藤を眺めながら食べる弁当は、至上の美味しさだ。

お遼が作ったおにぎりを頰張りながら、角右衛門がぽつりと言った。

「生きていれば、いいことはあるもんだな」

その言葉が、お葉の胸に沁《し》みる。お葉も同じことを思っていたからだ。昨年の今頃は、まさか自分にこのような日が訪れるとは、思いも寄らなかった。奉公先で酷《ひど》い虐《いじ》めを受けていたからだ。その頃、お葉は色の見分けがつかなくなっていた。花さえも、色がついていないように見えていたのだ。

だが、今のお葉の目には、藤の花の艶《あで》やかな彩りが、焼きつくほどにしっかりと映る。生きていたからこそ、このような日が訪れたのだと、お葉もしみじみ思う。

お葉は皆の笑顔を眺めながら、おにぎりを嚙《か》み締める。目に涙が滲《にじ》みそうになった時、隣に座っていた桂太が声をかけてきた。

「おねえちゃんのごはんも、おいちい」

お葉は目元を指でそっと押さえ、微笑んだ。

「本当？　桂太ちゃんに気に入ってもらえてよかったわ。桂太ちゃんのおっ母《か》さんのお弁当も美味《おい》しいね」

「うん。どっちもおいちい」

桂太は満面に笑みを浮かべ、大きな声で答える。角右衛門が、桂太の頭を撫でた。

その時、影が伸びてきて、皆、目を上げた。角右衛門の顔が強張《こわば》る。桂次郎は床几から立ち上がった。

「兄さん……」

皆の前に現れたのは、角右衛門の長男の玉太郎だった。内儀のお連《れん》と、娘のお凜《りん》も連れている。

玉太郎は、桂次郎に会釈をし、角右衛門に一礼した。

「お父《とっ》つぁん、ご無沙汰《ぶさた》しております」

角右衛門は玉太郎を見つめ、黙ったままだ。三五郎が礼を返した。

「玉太郎様、お久しぶりでございます。お内儀様もお嬢様もお変わりなく、お目にかかれて嬉《うれ》しゅうございます。皆様も藤見にいらっしゃったのですね。このような偶《たま》さかがございますとは」

玉太郎は首を横に振った。

「偶さかではなく、皆さんがここに来ることを、知っていたのです。……道庵先生とお葉さんに教えてもらいましてね」

皆の目が、道庵とお葉に集まる。道庵が低い声を響かせた。

「ご隠居を診ていて、ちいと気になったので、鵜澤屋に赴いて、玉太郎さんに話を聞いたんです。どうしてお父つぁんのことを邪険にしたのか、その訳を」

玉太郎は穏やかに頷いた。

「私が正直に答えましたところ、先生に言われたのです。それをお父つぁんに直接話してやったほうがいいのではないか、と。それで、今日は話をするため、ここに参りました」

玉太郎が再び一礼すると、お連とお凜も倣った。物静かで美しい母娘《おやこ》である。娘は七つぐらいだ。

角右衛門は玉太郎を見つめたまま言葉を失っているので、三五郎が代わりに訊ねた。

「それで、どのような訳だったのでしょう」

「はい。まあ、いろいろなことが積み重なったからなのですが、そのもとになっておりますのは、桂次郎のことです。私は予《かね》てから、お父つぁんの桂次郎に対する態度に、腹を立てていたのです」

角右衛門と桂次郎の目が見開かれる。三五郎やお遼、お繁も驚いたようだった。

静まり返る中、玉太郎は続けた。

「私は確かに幼少の頃から、お父つぁんに言われたとおりに、学業や剣術に励んでおりました。ですが、私がお父つぁんの意のままだったのは、単に長男だったからなのです。私は桂次郎みたいに、戯作や絵など、夢中になれるものもありませんでした。それゆえ、お父つぁんに反抗することもなく、鵜澤屋の跡取りとしてやって参りました。……でも」

玉太郎は桂次郎を見つめ、語りかけた。

「私は心の奥では、子供の頃からお前が羨《うらや》ましかったんだ。夢中になれることがあって、自由に動けるお前が。ずっと思っていた。私もお前のように生きてみたかった、と」

桂次郎は慌てた。

「そ、そんな！　俺は俺で、兄さんが羨ましかった。……お父つぁんに愛されて。おっ母さんだって兄さん贔屓《びいき》だったしな」

「それは私が長男だから、そう見えたのだろう」

「いや、そんなことはない。兄さんは本当に優れていたからな。親なら優れた子供のほうを好むはずさ」

「私は、親の言うとおりに生きる優れた者より、はみ出して逞《たくま》しく生きる者になりたかったんだよ。そのほうが、生きる甲斐《かい》があるではないか」

玉太郎の真摯《しんし》な面持ちに、桂次郎は言葉を呑《の》み込む。

道庵が口を挟んだ。

「まあ、人のものってのは、よく見えるってことだな。俺から見れば、玉太郎さんも桂次郎さんも、それぞれ立派に生きてるぜ」

道庵に微笑まれ、兄と弟は顔を見合せる。

玉太郎の本心を初めて聞き、角右衛門は項垂《うなだ》れてしまっていた。道庵は、角右衛門を見据えた。

「玉太郎さん自らさっき言ったように、玉太郎さんがご隠居につれなかったのは、桂次郎さんのことがあったからですよ。自分を贔屓して弟に冷たく当たっていた貴方のことが、疎ましかったようです。それに加えて、貴方が年を取ってきて、いっそう頑固になって文句ばかり言うようになり、ついに呆《あき》れ果てて、寮に追いやってしまったと」

角右衛門は苦渋の面持ちで、声を絞り出した。

「そうだったのか」

玉太郎は父親を真っすぐに見た。

「お父つぁんがもう少し、私たち兄弟に気を遣ってくれればよかったのです。そうすれば桂次郎は、私の片腕になってくれたかもしれなかった。商いにおいても、私は凝り固まった考え方しかできませんが、桂次郎ならもっと新しい考え方で、鶉澤屋を守《も》り立ててくれたのではないかと」

角右衛門は肩を落とし、息子たちに謝った。

「すまなかった。誤解させてしまったようだが……わしは、桂次郎のことだって、本当は可愛かったんだ。可愛かったからこそ、厳しくし過ぎてしまったようだな。桂次郎が生まれた時から、考えていた。桂次郎にもゆくゆくは暖簾《のれんわ》分けして、店を持たせたいとな。ところが、桂次郎は小さい頃から落ち着きがなくて、喧嘩《けんか》はするわ、悪戯《いたずら》はするわ、泥だらけになって遊んで帰ってくるわ、とても大店《おおだな》の息子にあるまじき行いで……」

バツが悪そうな顔をしている桂次郎を見やり、道庵が話を遮った。

「まあ、そんな昔のことは、いいじゃないですか。それに、そういう好奇心に満ちた性分が、今の桂次郎さんを作り上げたとも言えませんか?」

角右衛門は目を見開き、頷《うなず》いた。

「うむ……わしも、そう思っていた」

玉太郎は弟に微笑みかけた。

「瓦版《かわらばん》、私も読んでいるよ。好調のようだな」

「兄さんに読んでもらっているなんて、照れくさいな」

桂次郎は鼻の頭を指で掻《か》く。

玉太郎は、角右衛門に向き直った。

「お父つぁんが謝ってくれたので、私も詫《わ》びます。いろいろな思いが積もったといっても、お父つぁんに対して、確かに冷た過ぎたような気がします。申し訳ありませんでした。……これからは桂次郎と一緒に、私たちもお父つぁんのお世話をさせていただきますので、許してください」

玉太郎は角右衛門に深く頭を下げる。桂次郎は思わず声を漏らした。

「兄さん」

玉太郎は顔を上げると、弟に再び微笑んだ。三五郎は、すっかりおとなしくなってしまった角右衛門の背中をさする。お繁は洟《はな》を啜《すす》っていた。

爽《さわ》やかな風に乗って、藤の花の甘い香りが漂ってくる。

お葉はおずおずと、玉太郎に声をかけた。

「あの、お弁当、まだ残っていますので、よろしければご一緒に如何《いかが》ですか。お内儀様と、お嬢様も」

玉太郎は笑顔で答えた。

「ありがたく、いただきます」

晴れ渡る空の下、玉太郎の家族も交えて、皆で舌鼓を打つ。お連とお逸は初めて顔を合せたらしく、互いに感慨に浸っている。お凜と桂太も初めて会ったようだが、桂太が人懐っこいので、お凜もつられてすぐに仲よくなった。

角右衛門は玉太郎と桂次郎に挟まれ、静かな笑みを浮かべている。三五郎が三人に、せっせと料理を取り分けていた。

角右衛門一家を眺めながら、お葉は目を細めた。

「ご隠居様、もう惚《ぼ》けることはできませんね。息子さんたちに支えられて、可愛いお孫さんたちに懐かれて」

「うむ。だがよ、幸せ過ぎて惚けるってこともあるみてえだから、用心に越したことはねえな」

「あら、幸せ惚けなんてあるんですか。まあ、寂しくて惚けるよりは、何倍もいいでしょうけれど」

「一日中、にこにこしていられそうですね」

道庵とお繁と語らいながら、お葉は胸にそっと手を当てる。やはり人は、争うよりも分かり合えるほうが美しいものだ。角右衛門の家族の、長年の蟠《わだかま》りが解けたことに、真に安堵《あんど》していた。

亀戸天満宮から角右衛門の寮に戻ると、玉太郎も手伝って、皆で庭に新しい木を植えた。

三五郎が用意してくれていた、灯台躑躅《どうだんつつじ》の苗木だ。苗木なのでそれほど手間はかからず、すぐに植えることができた。

日溜《ひだ》まりの中、角右衛門が声を響かせた。

「今度は決して枯れぬよう、皆で育てよう」

玉太郎の家族も、桂次郎の家族も、笑顔で頷く。それから皆で苗木に向かって、手を合せた。角右衛門一家を、この寮を、これから見守ってくださいと、祈りを籠《こ》めて。

角右衛門は道庵ともすっかり打ち解け、将棋を指す仲になった。

道庵は角右衛門が将棋を好きだったのではないかと予《かね》てから思っていて、訊《たず》ねてみたところ、そのとおりだった。ならば惚け予防にと、将棋を再び始めることを勧めたのだ。

道庵が、角右衛門を将棋好きだと察したのは、息子二人の名に、駒の名がさりげなく使われていたからだ。玉太郎には、玉将《ぎょくしょう》。桂次郎には、桂馬《けいま》。角右衛門の名にも、角行《かくぎょう》から使われているとも言える。

半月に一遍になった往診の日、道庵はお葉を暫《しば》し待たせ、縁側に腰かけて角右衛門と一戦交えた。

駒を打つ音を立てながら、角右衛門は呟《つぶや》いた。

「人生はどこでどう転ぶか分からんな」

「まことに」

道庵はそう答えつつ、重々しい玉将とは違い、どこまでも動かせる軽快な桂馬で王手をかけた。

「これは、これは。参ったな」

角右衛門は頭を搔きつつも、なにやら嬉《うれ》しそうだ。

日が当たるようになった庭で、お葉は薬箱を抱えながら、二人を眺めて微笑む。生き生きと育っている草花たちに惹《ひ》きつけられるかのように、どこからか紋白蝶《もんしろちょう》が飛んできた。

第四章　命の重さ

一

卯月《うづき》（四月）も下旬になり、裏庭で芍薬《しやくやく》の花が咲き始めた。紅色の大輪の花に、お葉は見惚《みと》れる。その根が生薬として用いられ、痛みや昂《たかぶ》りを鎮めるほか、血の流れをよくする効果を持つ。冷えや瘀血《おけつ》、月経の不順など、特に女人の病を癒《いや》すのだ。

――麗しい見た目どおり、女人の味方になってくれるのよね。

穏やかな効き目のある芍薬は、様々な漢方に調合されている。

お葉は手を伸ばし、朝露に濡《ぬ》れる芍薬の花びらに、そっと触れた。

小雨が降る午後《ひるご》、診療所に、駕籠《かご》で乗りつけた者がいた。黒塗りの格子戸が、静かに開けられる。

　お葉は土間に下りて迎えようとして、思わず動きを止めた。

　下女に支えられて立っていたのは……かつてお葉を虐《いじ》め抜いた、呉服問屋の内儀の多加江《たかえ》だったのだ。

　ずいぶん地味な着物を纏《まと》い、化粧も控えめなので、別人のようにも見えるが、多加江に違いない。顔色が悪く、以前よりも浮腫《むく》んでいる。

　お葉は顔を強張《こわば》らせ、思わず後ずさった。下女にも覚えがあった。お砂《すな》という、齢《よわい》四十ぐらいの者だ。お砂はお葉を虐めはしなかったが、いつも見て見ぬふりをしていた。

　お葉はすぐに気づいたが、二人はまさかお葉がこのような場所にいるとは思いも寄らず、気づかないようだ。

　多加江はお砂にもたれかかり、顔を顰《しか》めている。腰の具合が悪いであろうことは、お葉にも分かった。

「お上がりになれますか」

　お葉が目を伏せながら掠《かす》れる声で訊ねると、お砂が答えた。

「大丈夫だと思います」

　お砂は多加江を支え、上がり框《がまち》を踏ませた。お葉はうつむき加減で、多加江をちらちらと見る。多加江は立っているのも苦痛かのように顔を顰め、額に微《かす》かに脂汗を滲《にじ》ませている。

お葉の胸に、虐められていた日のことが蘇《よみがえ》り、苦々しさが込み上げる。多加江に言葉で貶《けな》されただけでなく、物をぶつけられたり、頬を叩《たた》かれたことも何度もあった。

お葉の動悸《どうき》は速くなり、逃げ出してしまいたいとも一瞬思ったが、堪《こら》えた。仕事を放り出すことはできないからだ。

お葉は胸のざわめきを必死で抑え、多加江たちを診療部屋へ通した。

座るのも困難そうな多加江を眺め、道庵は訊ねた。

「腰と足の具合が悪いのかい」

「はい。腰が特に」

「ぎっくり腰にでもなったんじゃねえのか」

多加江は首を傾げる。訝《いぶか》しげな顔をしているのは、道庵のべらんめえな物言いが気になるのだろう。

お砂が代わりに答えた。

「三月（三ヵ月）ほど前から痛みが酷《ひど》くなって参りまして、そのような治療も受けたのですが、一向に治らないのです。いろいろな先生に見ていただいて、腰痛に効く様々なお薬をいただいても駄目でした」

「どんな薬を飲んでいたんだ」

「当帰《とうき》建中湯や当帰芍薬散《しやくやくさん》、桂枝茯苓丸《けいしぶくりようがん》、あと、何か長い名前の……」

「当帰四逆加呉茱萸生姜湯《ごしゆゆしようきようとう》かい」

「はい、さようです」

お砂は大きく頷《うなず》いた。当帰四逆加呉茱萸生姜湯は、当帰や木通《もくつう》、呉茱萸《ごしゆゆ》などの生薬を併せて作り、冷えからくる腰痛や腹痛に効き目がある。

道庵は顎《あご》を撫《な》でた。

「それらがまったく効かねえとなると、ちいと厄介だな」

お砂は道庵を見つめた。

「手を尽くしても治らなくて困っておりましたところ、道庵先生のお噂をお伺いしたのです。とても腕がよく、鍼灸《しんきゆう》にも優れていらっしゃって、たいていの病は治してしまわれると。先生、お願いいたします。お内儀様のお腰も治して差し上げてくださいませ」

深々と頭を下げるお砂を眺め、道庵は眉《まゆ》を掻《か》いた。

「そんなにかしこまらなくてもいいぜ。どれ、ちょっと見せてもらおうか。おい、お葉。お前も手伝って、お内儀をうつ伏せに寝かせてやってくれ」

すると多加江は目を剝《む》き、お葉を凝視した。名前を聞いて、ようやく気づいたようだ。お砂も然《しか》りで、目を皿にしてお葉を見る。

お葉と多加江の眼差《まなざ》しが合う。多加江は掠れた声で道庵に訊ねた。

「この人は？」

「俺の弟子だが」

多加江の顔が強張る。お葉は、多加江が怒って出ていくかと思ったが、よほど腰が痛むのか、座ったままだ。道庵が声を低めた。

「早くうつ伏せになってくれ。お前さんも、そのほうが楽だろうよ」

べらんめえ口調の医者に馴《な》れ馴《な》れしく「お前さん」と呼ばれ、多加江は眉根《まゆね》を寄せる。

お葉の胸も複雑だったが、道庵に言いつけられたので、手伝わない訳にはいかない。おずおずと近づくと、多加江に睨《にら》まれた。

その怖い面持ちに、お葉は思わず怯《ひる》む。多加江は「結構よ」と突っぱね、お砂に寝かせてもらった。

道庵は、その様子を眺めながら、首を少し傾げていたが、速やかに多加江を診始めた。

腰と足に触れながら、道庵は訊《たず》ねた。

「ほかに痛いところはねえか。下腹はどうだい」

「そこも時々痛みます」

「鍼灸も効かなかったんだよな。小水（尿）の出はどうだ。ちゃんと出てるかい」

多加江はお葉をちらと見やり、躊躇《ためら》いがちに答えた。

「よい時と……悪い時があります」

道庵は手を離し、多加江に告げた。

「ならば、淋疾《りんしつ》（膀胱《ぼうこう》炎）だろう。この腰の痛みは、きっとそれからくるものだ」

「淋疾……ですか」

「そうだ。下腹のあたりに、小水を溜《た》めておくところがあってよ。そこに何か悪いもんが入り込んで、炎症を起こしているんだろう」

お砂が訊ねた。

「重い病という訳ではありませんよね」

「うむ。小水の出がよくなる薬を処方する。悪いものも一緒に流れちまうようにな」

「先生、是非、そのお薬をお願いいたします」

お砂は再び頭を下げた。

お葉も手伝い、五淋散《ごりんさん》という淋疾に効き目のある薬を作り始める。多加江の前なので、お葉の顔は強張っていた。

山梔子《さんしし》、茯苓、当帰、芍薬《しゃくやく》、甘草《かんぞう》。道庵に言われたものを、薬箱から次々と取り出して渡す。そして道庵と一緒に、匙《さじ》を使って適量を併せていく。

お葉は間違えることはなかったが、手を微かに震わせてしまった。そのようなお葉を、道庵は静かに眺めていた。

多加江はお砂に支えられて座り直したが、やはり躰《からだ》がきついようだった。顔を顰めて、お葉を睨んでいる。

道庵は薬を渡し、訊ねた。

「それほど辛《つれ》えなら、往診にいこうか」

お砂が答えた。

「家族の者たちが心配しますので、お内儀様は、往診は避けたいとのことです。……淋疾ではいっそう躊躇いがございますかと」

お砂の隣で、多加江が頷く。

多加江は病のことを、夫や娘や使用人たちに詳しく知られたくないらしい。道庵は眉根を寄せた。

「だが、こんな具合じゃ、知られないようにするほうが難しいぜ。気づいている者たちもいるだろうよ」

お砂が答えた。

「お内儀様は、家の中では毅然《きぜん》としていらっしゃって、辛《つら》そうな素振りはお見せになっておりません。それゆえ、気づいている者がいたとしましても、僅《わず》かでしょう。……こちらは診療所ですので、お内儀様のお気持ちが緩まれたのだと存じます」

家族や使用人たちの前では格好をつけていたいということなのだろう。如何《いか》にも自尊心の高い多加江らしいと、お葉は思った。

多加江は道庵に、はっきりと言った。

「治るまでは、皆に隠し通します」

「うむ。では、よくなるまでは、こちらに通ってもらおうか。四日後にまた来てくれ」

道庵は鋭い目で多加江を見やった。

「お内儀《かみ》さん、あんた酒をかなり呑《の》むようだな。匂いで分かる。暫《しばら》く酒は止めてくれ。もしや、腎《じん》ノ臓も傷んでいるかもしれねえからな」

多加江はバツの悪そうな顔で、目を伏せる。お砂が訊《き》き返した。

「腎ノ臓、ですか」

「そうだ。腎ノ臓が悪くなると厄介なんだ。それを防ぐには、酒を慎まなければな」

多加江は苦々しい面持ちで、口を開いた。

「腰やお腹の痛みを和らげるために、呑んで紛らわせていたのです。それに……お酒を呑みますと、お小水の出もよくなりますので」

道庵は溜息《ためいき》をついた。

「それじゃ、いつまで経ってもよくならねえよ。飲酒によって、炎症が広がることがあるからな。今日からは酒ではなく、この薬を煎《せん》じて飲んでくれ。分かったな」

「はい」

多加江は小声で返事をし、目を伏せる。その顔色は青黒く、くすんでいた。

お砂から薬礼を受け取った後、道庵は内儀の名前と在所を訊ねた。お砂はお葉をちらと見て、答えた。

「京橋《きょうばし》は五条《ごじょう》屋の、多加江様です」

数月ぶりに五条屋の名を聞き、お葉の心が揺れる。診療が終わり、多加江はお砂にまた支えられ、立ち上がろうとした。

道庵がお葉に目配《めくば》せするも、お葉は身が竦《すく》んでしまって手伝うことができない。道庵は厳しい面持ちで、お葉を眺めていた。


お葉は土間へ下りて、二人を見送ろうとした。格子戸を開けると、多加江はお葉をきっと睨み、声を低めて怒った。

「こんなところに、いたんだね。勝手に出ていったりして」

お葉は目を伏せ、掠《かす》れる声で謝った。

「申し訳ございませんでした」

「弁償してほしいぐらいだよ」

するとお砂が、多加江に囁《ささや》いた。

「駕籠《かご》を待たせてありますので、早く帰りましょう」

多加江はお葉から顔を背け、お砂に摑《つか》まりながら歩き始める。お砂はお葉を振り返り、微《かす》かな会釈をした。

二人が駕籠に乗り込み去っていくのを、お葉はぼんやりと眺めていた。

　その後、お葉は心ここにあらずといったように、仕事に身が入らなかった。帰り際の多加江に強い口調で咎《とが》められたせいだろう、虐《いじ》められた時のことが次々と思い浮かんでしまう。

　仕事を間違え、道庵に叱られるたびに、お葉は溜息をつくのだった。

　お葉の様子が少しおかしかったからだろう、道庵はお繁を呼んで、手伝ってもらった。夕餉《ゆうげ》はお繁が作り、三人で食べた。

「お葉、ほら、あんたの好物だろう」

　鰹《かつお》の生姜煮《しょうがに》を差し出され、お葉は目尻《めじり》を下げるも、またすぐに神妙な面持ちになる。

　そのようなお葉を、道庵とお繁は心配そうに眺める。道庵が訊ねた。

「もしや、今日来た淋疾《りんしつ》らしきお内儀は、お前の知り合いじゃねえのか」

　お葉は箸《はし》を持つ手を止め、道庵を見る。眼差《まなざ》しを交わしながら、小さな声で答えた。

「いえ……初めて会った方です」

「そうか。ならば、よい」

道庵は茶碗《ちゃわん》を持ち、雑穀の混じった玄米ご飯を頬張る。お繁が言った。

「淋疾は繰り返すことが多いから、一度罹《かか》ると厄介ですよね」

「うむ。その内儀、足腰まで弱っていてよ。酒臭かったから、酒は止めろと叱っておいた」

「あら。酒の臭いが残るまで呑むなんて、豪快なお内儀さんだこと」

道庵とお繁は失笑する。お葉は黙々と鰹を食べるも、味がよく分からなかった。

三人で湯屋へ行き、お繁と別れて診療所に戻ると、お葉はすぐに自分の部屋に入った。

絵草紙屋の内儀のお秋《あき》からもらった黄表紙を前に、溜息をつく。お秋は時折、売れ残っている本を、お葉に譲ってくれるのだ。だが今夜は、それを捲《めく》る気にもなれなかった。

行灯《あんどん》が灯《とも》る部屋で、お葉は多加江や、その娘の多加代《たかよ》に虐《しいた》げられた日のことを思い出す。お前なんか生きていたって仕方がない、なんの値打ちもない下女のくせに、と怒鳴られたことも。

だが、不思議なことに、お葉の胸はそれほど痛まなかった。鬱々《うつうつ》としないと言えば嘘になるが、川に飛び込む前の、心が壊れてしまいそうな痛みは感じない。

――それも、ここでの暮らしが、充実しているからなのね。

文机《ふづくえ》に頬杖《ほおづえ》をつき、花器に挿した、白い花を咲かせた空木《うつぎ》の切り枝を眺める。近頃、お葉は部屋にも花を飾るようになった。とは言っても、裏庭から摘んでくるのは忍びないので、道庵の使いで町に出た時などに、行商人から買っている。道庵からもらう給金を、お葉は無駄遣いせず、大切に使っていた。

――紙は道庵先生が、漢字の稽古帖《けいこちょう》などはお繁さんが、本はお秋さんがくださるから、本当にありがたいわ。

お葉はしみじみ思う。そのおかげで、だいぶ読み書きができるようになった。近頃では、生薬の名前も漢字で書き始めている。

――お内儀様は怒ってらしたけれど、ここへ来て本当によかった。

お葉は周りの者たちに感謝をするものの、多加江との再会に、なにやら胸がざわめく。

――お内儀様が治るまで、顔を合せなければならないのかしら。……診療所を変えてくれればよいのだけれど。

そのようなことまで考えてしまう。お葉は頬杖をついたまま、暫く行灯の明かりを眺めていた。

二

だが多加江は診療所を変えることなく、道庵に言いつけられたとおり、四日後に再び訪れた。どこの医者に診てもらっても埒《らち》が明かなかったので、道庵の診立てに懸けているようにも思われた。

多加江の動きを見るに、足腰の具合は少しよくなったようだが、顔が酷《ひど》く浮腫《むく》んで、額に脂汗を滲《にじ》ませている。

多加江はお砂に摑まりながら腰を下ろし、道庵と向き合った。多加江の匂いを嗅《か》ぎ、道庵は怒った。

「酒を呑むなと言ったのに、呑んだだろう。それも大量に」

するとお砂が頭を深々と下げた。

「申し訳ございません。……お内儀様は、どうしてもお酒を止めることができなくて」

どうやら多加江は酒に依存してしまっているようだ。道庵がお葉に言った。

「お内儀の汗を拭《ふ》いてやれ」

「はい」

お葉は小さな声で答え、努めて冷静に、多加江にいざり寄る。そして手ぬぐいで、汗を拭《ぬぐ》った。多加江は拒む気力も残っていないのだろう、されるがままだ。

お葉は思った。

――お内儀様、私が奉公していた頃から、お酒をそれほど呑《の》んでいたのかしら。あの頃は、こんなに浮腫んでいなかったような気がするけれど。……でも、そう言われてみれば、お酒臭いことも多かったわ。

多加江の額に浮かぶ玉の汗を拭いながら、お葉の心は曇る。かつての敵の手当をしなければならないのは、やはり複雑だった。

道庵は多加江の顔色をじっくり見ながら、お砂に訊《たず》ねた。

「いつ頃から、こんなに呑み始めたんだ」

「かれこれ、二年近くになります」

「それほど酒が好きなのか」

道庵の問いに、お砂は小さく頷《うなず》き、うつむく。

「足腰の痛みは続いているのか」

「そちらの痛みは幾分和らいだようですが、お背中が痛むようです」

道庵は腕を組み、声を低めた。

「背中か……。ならば、思った以上に腎《じん》ノ臓が傷んでいるかもしれねえ。腎ノ臓の具合が悪くなると、背中にくることがある。そして大酒を呑むのは、腎ノ臓を傷める原因だ」

多加江の顔色がますます青黒くなる。お砂が身を乗り出した。

「あの……治りますよね」

「腎ノ臓が本当に傷んでいるとしたら、放っておくと危ねえことになる。命に障りがあるってことだ」

多加江とお砂は目を剝《む》き、言葉を失う。道庵は続けた。

「だから、しっかり治さなくちゃいけねえ。お内儀は、暫《しばら》くここで預からせてもらうぜ」

「こちらで寝起きするということですか」

「そうだ。奥に養生部屋があるんだ。そこに置いて、酒を完全に断たせる。このまま酒を呑み続けていたら、お内儀、あんた死んでしまうぜ」

道庵の厳しい口調に、多加江は唇を嚙《か》み締める。お葉が丁寧に拭ったので、玉の汗は止まっていた。

お砂は躊躇《ためら》いながらも、道庵に返事をした。

「そのようなことでしたら、承知いたしました。ご家族や店の者たちには、私から上手《うま》く伝えておきますので、お内儀様のこと、くれぐれもよろしくお願いいたします」

お砂は道庵とお葉に、深々と頭を下げた。


道庵とお砂が支えて、多加江を養生部屋へと運び、布団に寝かせた。背中が痛むというので、横向きにさせる。

お葉は、芍薬甘草湯《しゃくやくかんぞうとう》を煎《せん》じて運んだ。この薬は、様々な痛みに効果を現す。多加江は嫌そうな顔をしながらも、それを飲んだ。

それからお葉たちは養生部屋を出て、診療部屋へと戻った。道庵は改めて、お砂から話を聞いた。

「お内儀様は、数年前から旦那《だんな》様との仲があまりよろしくないのです。その寂しさを、お酒で紛らわせていらっしゃったのでしょう」

多加江の夫には、長い付き合いの妾《めかけ》がいるようだ。お葉は胸に手を当てた。

――やはり、そうだったのね。旦那様、お家《うち》にいないことが多かったもの。

お葉が奉公に上がった頃には既に、夫婦《めおと》の仲は冷めていたと思われた。

――それで苛立《いらだ》って、私に八つ当たりしていたという訳だったのかしら。でも、いくら苛々《いらいら》していたといっても、あそこまでするなんて……。やられたほうは、堪《たま》らないわ。

多加江の気持ちがほんの少し分かったような気がするものの、もやもやとした思いは到底消えることはない。

お砂は、五条屋の皆には、多加江は暫く寮で養生することにしたと告げるつもりのようだ。

道庵とお葉に多加江のことを繰り返し頼み、お砂は帰っていった。


それから数人の患者を診た後、道庵は養生部屋へ行って、多加江に腎ノ臓の病の恐ろしさを話した。

「腎ノ臓が悪くなると、心ノ臓や血管にも負担がかかっちまうんだ。すると、卒中を起こしたり、心ノ臓の発作を起こすこともあり得る。お前さんが浮腫んでいるのは、腎ノ臓の働きが鈍って、躰《からだ》に水や血が溜《た》まっているってことだ。その増大した血が、脳や心ノ臓を圧迫しかねない。躰の中は繋《つな》がっているから、どこかが悪くなれば、また別のところが続けて痛手を被ることがある」

多加江はすっかり消沈している。自分が抱えている病の恐ろしさに、気づいたのだろう。

黙り込んでしまった多加江に、道庵は声を少し和らげた。

「だから、ここで、治していこうと言うんだ。ここにいる間は、こちらの言うことを絶対に聞いてもらうからな」

「……はい」

多加江は声を掠《かす》れさせ、渋々といったように返事をする。

お葉は神妙な面持ちで、多加江を眺めていた。

こうして、かつて憎んだ多加江を看病することになり、お葉の心は揺れ動いた。

多加江は、何かに摑《つか》まって立ち上がったり、壁に手をついて歩くことはできるので、厠《かわや》には一人で行けた。着替えや、躰を自分で拭くこともできる。

それゆえお葉は食事や薬を作って運べばよいのだが、多加江は身動きができるがゆえに、常に気をつけていなければならなかった。台所へと行き、勝手に酒を呑んだり、塩を舐《な》めたりするかもしれないからだ。

多加江はお葉が作る薄味の料理に満足できぬようで、露骨に嫌な顔をした。

「不味《まず》いわね。味がついていないじゃないの」

多加江に強い口調で言われると、嫌な思い出が蘇《よみがえ》ってきてしまう。心を揺らしながらも、お葉は毅然《きぜん》と言い返した。

「濃い味付けは、腎ノ臓に負担がかかってしまいますので」

多加江はお粥《かゆ》を睨《にら》みつけ、椀《わん》を引っ繰り返した。お葉は、かつて多加江に熱いお茶の入った湯呑《ゆの》みをぶつけられたことを思い出し、顔を強張《こわば》らせた。

お葉は身を屈《かが》め、畳に打ち撒《ま》けられたお粥を丁寧に拭い取った。そして椀を盆に載せて、多加江に一礼して立ち上がる。

部屋を出ていこうとするお葉に、多加江が声をかけた。

「何か代わりのものを作って持ってきてよ」

お葉は何も答えず、襖《ふすま》を開ける。多加江が声を強めた。

「どうしてここで働いているのよ。あの医者、あんたの知り合いだったたって訳？」

お葉はそれについても何も答えず、襖を閉めた。廊下を歩き、台所へと向かう。

片付けながら、お葉の目から涙がほろりとこぼれた。

——やはり同じだ。お内儀様の私に対する口調だって、態度だって、何も変わっていない。

今日は曇り空なので、窓から日が差し込まず、台所も薄暗い。疎まれながらも手当てをしなければならない、この仕事の厳しさを、お葉は改めて思い知る。

お葉はそれでも涙を拭《ぬぐ》い、椀や匙《さじ》を丁寧に洗った。


多加江が養生するようになって三日目の夕暮れ前、お葉は道庵に、裏庭へ呼び出された。忍冬《すいかずら》や野茨《のいばら》の白い花が風に揺れる中で、道庵はお葉に訊《たず》ねた。

「あのお内儀のことだが……もしや、お前が奉公していた先の者じゃねえのか」

お葉は唇を微《かす》かに震わせ、項垂《うなだ》れる。道庵はお葉を窺《うかが》いつつ、話を続けた。

「お繁さんに聞いたが、五条屋ってのは呉服問屋みてえだ。お前は確か、呉服問屋に奉公していたと言っていたよな」

「……そうです。そこのお内儀様です」

これ以上隠しているのは苦しくて、お葉は認めるも、不意に涙をこぼしてしまった。道庵に優しい眼差《まなざ》しで見つめられ、抑えようとしていた複雑な思いが溢《あふ》れ出てきてしまう。

――どうして、私に暴言を浴びせ、私を叩《たた》いていた人の手当てをしなければいけないの。

そのような思いと、

――お内儀様、躰が酷《ひど》く弱っていて、気の毒だわ。

という、相手の躰を心配する、相反するような思いが、お葉の中でせめぎ合うのだ。

憎い相手でも、その病状を気に懸けるというのは、お葉が医術の仕事に染まってきたからなのだろうか。

お葉は時折閊《つか》えながらも、自分の気持ちを正直に道庵に話した。道庵はお葉に訊ねた。

「ちゃんと手当てできるか」

お葉は答えた。

「……自信があるとは言えませんが、やらせてください」

お葉は裏庭を見回し、思った。多加江の手当てをしていて苦しくなったら、ここへ休みにこようと。草木の香りが、自分をきっと宥《なだ》めてくれるだろうと。

次の日、お葉が朝餉《あさげ》を運ぶと、多加江はぶすっとしながらも残さず食べた。空腹に耐えられず、背に腹は代えられなかったのだろう。

道庵の言いつけで、多加江に出す料理は、お葉はほとんど味をつけずに作っている。今のところはお粥のみで、具材は野菜だけだ。道庵曰《いわ》く、獣肉はもってのほか、魚も控えたほうがよいとのことだった。

多加江が蕗《ふき》のお粥を食べ切ってくれたので、お葉は少し安心した。野菜の旨《うま》みだけが滲《にじ》んだお粥を、多加江は気に入らないようだが、お葉は気に入り、自分でも味わっていた。


診療所を開けて少し経った頃、謙之助がふらりと訪れた。道庵は謙之助を見て、笑みを浮かべた。

「旦那、おはようございます。見廻《みまわ》りの途中ですかな」

「ああ、そうだ。先生やお葉ちゃんの顔を、ちょっと見たくなってな」

「ならば、お葉と一緒に、裏庭でちいと草むしりでもしていただけませんか。まだ患者は押しかけていませんので」

お葉は目を瞬かせる。謙之助に草むしりを頼むなど、なにやら厚かましいのではないかと思えた。

だが、謙之助は快く引き受けた。

「私もここの裏庭が好きなんだ。お葉ちゃん、手伝わせてもらうよ。いいかい？」

「あ、はい。謙之助様がよろしければ」

謙之助はお葉の肩をそっと叩いた。


裏庭に出ると、謙之助は大きく伸びをして、息を吸い込んだ。

「やはり、ここはよいな。眺めているだけで心が安らぐ」

「ええ、本当に」

今日は天気がよく、風が穏やかなので、草木が微笑んでいるように見える。

草むしりをするため、お葉は身を屈めようとした。むしった雑草は溜《た》めておいて、土や米ぬかと混ぜ合せ、肥やしにするのだ。

すると謙之助が、不意にお葉に訊ねた。

「お葉ちゃん、何か悩んでいることがあるのではないか」

お葉は背筋を伸ばし、謙之助を見た。謙之助は優しい笑みを浮かべている。

「私でよければ、何でも打ち明けてくれ。相談に乗ろう」

お葉は躊躇《ためら》いつつ、野茨の白い可憐《かれん》な花に目をやる。その葉には、益虫である七星の天道虫《てんとうむし》が乗っていた。愛らしい天道虫を眺めながら、お葉はゆっくりと口を開いた。

「人を手当てするって難しいなと、感じています。患者さんに思いやりを持てればいいのですが、思いやりを持てない場合は、苦しいなと」

謙之助はお葉を真っすぐに見た。

「お葉ちゃんでも思いやりを持てない相手がいるのだな。……それは、お葉ちゃんを虐《いじ》めていた者のことかい」

お葉は目を見開いた。奉公先での出来事を、謙之助に話したことはないのに、知っていたからだ。謙之助は息をついた。

「ごめん、驚かせてしまって。お葉ちゃんがどうして診療所で働くようになったか知りたくて、道庵先生に訊《き》いても教えてくれなかった。それでお繁さんに教えてもらったんだ。お繁さんはたぶん、親しい人たちには、お葉ちゃんのことを知っておいてほしかったんだろう」

「そうだったのですか……」

虐められていたことを人に知られるのは惨めなように思えて、お葉は、自らはほとんど話さない。だが、謙之助に知られていたことに対して、不快な気持ちはなかった。それどころか、知っていて自分に普通に接してくれていた謙之助に、いっそう信頼を置けるような気がした。

お葉は草木を眺めながら、多加江の手当てをしなければならなくなった経緯を、謙之助に話した。

「なるほど。それは複雑な気持ちになるだろうな。私がお葉ちゃんでも、悩んでしまうだろう」

澄んだ空の下、謙之助は続けて、穏やかな声を響かせた。

「その、多加江というお内儀だが、もしやお葉ちゃんを虐めていた頃から、病に罹《かか》っていたのではないかな。心が歪《いびつ》になる病だ」

お葉は謙之助を見つめた。

「心が歪になる病……」

「そうだ。私は医術に明るい訳ではないが、お繁さんから話を聞いた時、そう思ったんだ。何も悪いことをしていない者を、そこまで追い詰めて嘲笑《あざわら》っているなど、健やかな者のすることではない。お葉ちゃんを虐めていた者たちは、病だったんだ。

母親がそうだったから、娘にも伝染《うつ》っていたのかもしれない」

お葉は謙之助を見つめ続ける。

「お内儀は、その頃から病に心を巣くわれていたんだ。きっとそれが、今になって躰《からだ》にも現れてきたのだろう」

お葉はふと、いつか源信が話してくれた、道庵を目の敵にしていた医者のことを思い出した。武士に諂《へつら》い、町人を蔑《ないがし》ろにして、藩医になれたものの、病に倒れてしまったという斎英だ。彼の場合も、歪な心が、躰の病を引き起こしたとも考えられなくはなかった。

黙ってしまったお葉に、謙之助は微笑んだ。

「病を持った者たちに関わってしまったから、お葉ちゃんも一時《いっとき》、病に罹ったんだ。でもお葉ちゃんは根が素直で健やかだから、すっかり治ってしまったのだよ。……もしかしたら、虐めていた者たちは、お葉ちゃんのそのようなところが疎ましかったのかもしれないな。自分たちにないものを、お葉ちゃんが持っていたから。それで、踏みつけてやりたかったのかもしれない」

お葉の目が不意に潤む。謙之助はお葉の肩に、手を置いた。

「手当てする仕事は、たいへんだと思う。悩むことも、沢山あるだろう。でも、これだけは覚えておいてくれ。お葉ちゃんには人を癒《いや》す力があるんだ。そのことは、私がお葉ちゃんの手当てを受けていた時から、ずっと思っていた。これからも、病を持つ者たちの力になってあげてほしい。……応援している」

「はい」

お葉は涙を堪《こら》え、謙之助に頷《うなず》く。黄色い蝶々《ちょうちょう》が、二人の間を舞っていった。

謙之助の励ましにも支えられ、お葉は淡々と多加江の世話をした。そして、お葉が複雑なように、多加江の胸も複雑なのではないかと気づいた。

確かに、自分が虐めた相手に手当てされるのは、あまり気持ちのよいものではないだろう。手当てしてくれる者には、ある意味、自分の弱みをすべて曝《さら》け出すことになるからだ。

それに加えて、酒を禁じられたことで、多加江は苛立《いらだ》っているようだった。

多加江がここへ来て六日目の朝、お葉が食事を持っていき、襖《ふすま》をそっと開けると、彼女は半身を起こして頭を抱えていた。青黒い顔は、苦渋に満ちている。その姿には、高価な着物を纏《まと》って着飾っていたかつての面影は、少しもなかった。

その夜、妙な物音がして、お葉は目を覚ました。襖を少し開け、恐る恐る廊下を覗《のぞ》いてみて、声を上げそうになる。

多加江が這《は》うようにして、廊下を進んでいたのだ。厠《かわや》にでも行くのかと思いきや、向かった先は台所だった。

道庵も蠟燭《ろうそく》を手に、部屋から出てきた。目が合い、お葉は台所を指差した。道庵は足音を響かせて台所へ向かい、一喝した。

「何をやっている!」

多加江は這いつくばった姿勢で、振り返った。道庵が掲げた蠟燭の明かりで、姿が照らし出される。多加江の浮腫《むく》んだ顔には皺《しわ》が目立ち、口元もだらしなく開いていた。

その姿に、お葉は愕然《がくぜん》とした。多加江は台所に、酒を探しにきたようだ。

道庵はお葉に蠟燭を持たせ、身を屈《かが》めて多加江の腕を摑《つか》んだ。

「おとなしく寝るんだ」

すると多加江は道庵に縋《すが》りついた。

「お酒、お酒をちょうだい。一口でいいから」

「駄目だ。吞《の》んだら最後、すっかり動けなくなるぞ」

「それでもいいの。お願い。一口……あああっ」

道庵は多加江の腕を掴み、引き摺《ず》っていく。お葉は蠟燭を持ち、廊下を照らした。

「痛いっ、やめて！　いやあ！」

多加江は悲鳴を上げるも、道庵は容赦ない。養生部屋まで引き摺っていくと、お葉に襖を開けさせ、中に押し込んだ。

「お葉、酸棗仁湯《さんそうにんとう》を煎《せん》じて持ってきてくれ」

「はい」

お葉は急いで、薬部屋へと向かう。道庵が多加江を怒鳴る声が、お葉の耳にも届いた。

「お内儀よ、甘えるのもいい加減にしろ！　ここにいる間は、こっちの言うことを聞いてもらうという約束だろう」

お葉は胸を手で押さえる。自分を虐げていた相手の憐《あわ》れな姿を見るのも嫌なものだと、苦々しい思いが込み上げる。

息を整えつつ、お葉は酸棗仁湯を煎じた。酸棗仁とは核太棗《さねぶとなつめ》の種子であり、鎮静の効き目を持つ。これに茯苓《ぶくりょう》や知母《ちも》などを併せることによって、不眠や五臓の働きにも効き目を現す。

素早く煎じて、それを持って養生部屋へ行くと、道庵に見下ろされながら、多加江は打ちひしがれていた。

「これをお飲みになってください」

お葉が煎じ薬を渡すと、多加江は苦々しい顔で啜《すす》った。一口飲んでは、大きな溜《ため》息《いき》をつく。どうにか飲み終えると、多加江は何も言葉を発することなく、床に臥《ふ》した。道庵も何も言わず、多加江を睨《にら》んでいる。

「ゆっくりお寝みください」

お葉は声をかけ、道庵と一緒に部屋を出た。道庵は廊下で、声を低めた。

「眠っているところ、悪かったな」

「そんな。道庵先生こそ、お疲れですのに」

「お葉だって疲れているだろう。さっさと寝よう。大丈夫、お内儀もあの薬を飲んだら、朝までぐっすりだ」

「落ち着いてくれるとよろしいですね」

「うむ。これから酸棗仁湯も毎晩飲ませるか。そうすれば、今夜みてえなこともねえだろう」

「そうですね。そうしましょう」

「まったく手を焼かせるな」

薄暗い廊下で、道庵は苦い笑みを浮かべる。お葉は蠟燭を手に、顔を強張《こわば》らせたままだった。


次の日、お葉は寝不足気味で、目を微《かす》かに赤くしていた。

昼の休みの頃、源信が訪れた。道庵は源信を見て、にやりと笑った。

「また何か聞きつけたのかい」

「いや、そんなことはない。お二人にちょいと会いたくなっただけだ」

「そうか。ならば、お葉と一緒に、ここで留守番していてくれねえか。お前の分も、弁当を買ってきてやるよ。たまにはいいだろ」

「おっ、そりゃいいね。先生もたまには気が利くなあ」

「お前はいつも一言よけいだ」

道庵は源信を睨《ね》めつつ、さっさと出ていった。

診療所に残されたお葉は、お茶を淹《い》れて、源信に出した。それを啜りながら、源信はおもむろに訊《たず》ねた。

「呉服問屋のお内儀を、預かっているんだってな」

「はい。源信先生も診てくださるのですか」

「治りはどうなんだ」

お葉は溜息をついた。

「よくなったり悪くなったりの繰り返しです。昨夜もちょっとありまして」

「何があったんだ」

お葉が昨夜の多加江の錯乱を話すと、源信は大いに笑った。

「そりゃ想像しただけで面白いな。髪を振り乱し、這いつくばって酒をほしがる大《お》店《だな》の内儀か。夢に見そうな物の怪《け》ぶりだ」

お葉は廊下のほうを見やり、唇に指を当てた。

「お静かにお話しください。お内儀様、奥で寝ていらっしゃるのですから。それに……そんなに面白がることではありません」

源信は頭を掻《か》いた。

「いや、すまぬ。笑い過ぎた」

お葉は息をつく。源信はお茶を一口飲み、喉《のど》を潤した。

「で、そのお内儀は何の病に罹《かか》っているんだ」

「腎《じん》ノ臓が悪いようです」

「腎ノ臓か。ならば治すにも根気がいるな。いつ頃から悪かったんだろう」

「はっきり分かりませんが、三月ほど前から、躰《からだ》のあちこちが酷《ひど》く痛かったようです」

「腎ノ臓が悪いと、背中などにも痛みが出ることがあるからな」

　お葉は、ふと訊ねた。

「あの……心が歪《いびつ》になる病というものは、本当にあるのでしょうか」

「うむ。心がそのような病に罹るってことは確かにある。気鬱《きうつ》の一種だろう」

「ある方が仰《おっしゃ》ったんです。お内儀様が私を虐《いじ》めていた頃、心が歪になる病に罹っていたのではないかと」

　源信は湯呑《ゆの》みを置き、お葉を見つめた。お葉は背筋を伸ばし、源信を見つめ返す。お葉は源信に、多加江との関係や来し方を含め、道庵の弟子になるまでの経緯を語った。お葉は、虐められていたことを知られても、恥ずかしいとは思わなくなってきている。それゆえに源信に話せたのだ。お葉は、源信のことを信頼し始めているのだろう。

　お葉の話を聞き終えると、源信は腕を組んだ。

「なるほど。お葉ちゃんのような純朴な娘が、如何《いか》にして道庵先生の弟子となり、先生を慕い続けているのか、その訳が分かった。ならば、お内儀の今の姿を見ることは、やはり愉快ではないかな」

「そんな……愉快だなんてことはありません」

源信はお葉に微笑んだ。

「まあ、どんな者にも、人生には波ってもんがあるよ。お葉ちゃんが奉公していた時は、最も悪かったんだろうな。でも今は、よい波に乗っている。そうではないか？」

「はい、そうだと思います」

お葉の素直な返事に、源信は頷《うなず》く。

「で、先ほどの件だ。お葉ちゃんを虐めていたお内儀が、その頃、心が歪になる病に罹っていたのではないかと言ったのは、道庵先生かい？」

「いえ、同心の方です」

「どのような知り合いだ」

「その方がお怪我をされて、ここに運び込まれたことがあったのです。その時に、手当ていたしました」

「なるほど。その御仁がまた痛い目に遭ったら、今度は俺が診たいものだ。よろしく伝えてくれ」

源信は不敵な笑みを浮かべてお茶を飲み干し、また腕を組んだ。

「で、俺の考えを言わせてもらえれば、お葉ちゃんを虐めたその母娘《おやこ》ってのは、単なる落ちぶれ者ってことだ。人として落ちぶれている」

源信の強い言葉に、お葉は戸惑った。

「いえ、大店の呉服問屋のお内儀様とお嬢様ですから、そのようなことは」

源信は鋭い目でお葉を見た。

「身分や容姿や金のあるなしに拘《かかわ》らず、そういう奴らは、人として駄目だと言っているんだ。そのお内儀は前々から落ちぶれ者だった。それが今になって、露《あら》わになってきたというだけのことだ。医者に禁じられた酒をほしがり、髪を振り乱しているようではな」

お葉は膝《ひざ》の上で手を組み、目を伏せる。静かな診療部屋に、源信の声が響いた。

「立場の弱い者を虐めて喜んでいるなんて、落ちぶれているとしか言いようがない。俺の知っている坊ちゃん医者たちの中にも、そのような性分の者がたまにいる。そして俺は、そういう奴らを鼻で笑いながら、こう思っているんだ。今に見てろよ、この落ちぶれ者め、ってね」

お葉は声を微かに掠《かす》れさせた。

「源信先生は、やはり強くていらっしゃるんですね」

「強くなければ、この仕事はできないよ。お葉ちゃんも、そのお内儀を、びしびし厳しく世話してあげればいいじゃないか。痛いって騒いだりしたら、我慢してください、って叱ってやりな。俺がお葉ちゃんなら、そうする。復讐《ふくしゅう》してやるのさ」

笑みを浮かべる源信に、お葉は目を瞬かせる。源信はお葉の肩をぽんと叩《たた》いた。

「そういうのも結構、楽しいかもしれないぜ」

源信につられて、お葉も微かに顔を和らげる。

少しして道庵が戻ってきて、三人で弁当を食べた。キビナゴの衣かけ（唐揚げ）に舌鼓を打ち、源信は帰っていった。


その後、お葉は昼餉《ひるげ》を作って多加江に運んだ。昨夜の薬がよく効き、多加江はぐっすりと眠り込んで、朝餉は食べていなかった。

お葉が声をかけると、多加江は目を覚ました。だが、ぼんやりとして半身を起こそうとしない。

「昼餉をお持ちしました。その前に、お薬を飲んでください」

尿の出をよくする五淋散だ。多加江はお葉を睨《にら》んだ。

「その薬、まったく効かないじゃない。いつまで経っても、背中や腰の痛みもなくならなくて」

「だから、その痛みは、腎ノ臓の病からきているのです。このお薬で、悪いものを徐々に流していっているところなのです」

「いつになったら効くのよ」

「お内儀様が飲み始めて、十日ほどです。必ず効いて参りますので、飲み続けてください」

　多加江は声を荒らげた。

「お砂を呼んでちょうだい！　ほかの医者に診てもらうわ。なによ、あの道庵って。人をここに留めておいて、ちっとも治そうとしない。藪《やぶ》医者じゃないの」

　お葉は多加江をきっと睨み返した。道庵を悪く言われ、怒りが思わず込み上げる。

「お声を静めてください。ほかにも患者さんがいらっしゃっていますので」

　お葉の厳しい口調に、多加江は気圧《けお》されたかのように、一瞬おとなしくなる。だがそれも束の間、皮肉な笑みを浮かべた。

「なによ、偉そうに。うちで使ってやってたのに、逃げ出したくせに」

　お葉は唇を噛《か》み締める。本当のことだから、何も言い返せない。だが、お葉を逃げ出すまでに追い詰めたのは、多加江たちだったのだ。

多加江はさらに憎々しく続けた。

「早く私を治してよ。もし治せなかったら、ここを出たら、言いふらしてやるわ。神田の道庵は藪医者だってね！ ……ふふ、そしたら誰も来なくなって、この診療所、なくなっちまうかもね」

多加江は青黒い顔を歪《ゆが》めるようにして笑う。お葉は言葉を失い、居た堪《たま》れぬ思いで立ち上がった。薬とお粥《かゆ》を置いて、養生部屋を出ていった。

襖《ふすま》越しに、多加江が何か叫んだが、お葉は聞き取れなかった。

暫《しばら》くして様子を見にいくと、多加江は襖に背を向けて眠っていた。薬も飲まず、お粥も食べていない。

お葉は盆を持ち、溜息《ためいき》をつきながら部屋を出た。台所に向かう途中、不意に立ち眩《くら》みがして、お葉は壁に手をついた。

――大丈夫かしら。私、やっていけるだろうか。

もうこれ以上、多加江の世話をする自信が、なくなっていく。

暫く目を瞑《つぶ》ったままでいると、お葉の胸に、謙之助の言葉が浮かんだ。

――応援している。

裏庭で聞いた言葉だ。草木たちの匂いも蘇《よみがえ》る。すると、道庵やお繁、源信たちの顔も浮かんだ。

お葉はゆっくりと目を開け、額に滲《にじ》んだ汗を手の甲で拭《ぬぐ》った。そして深呼吸をし、姿勢を正すと、台所へと気丈に歩いていった。


道庵はお葉から話を聞いて、多加江に薬を無理やり飲ませた。道庵に睨まれると、多加江も言うことを聞かずにはいられないようだった。

夕刻、廊下で大きな物音がしたので、お葉が急いで見にいくと、多加江が蹲《うずくま》っていた。廁《かわや》へ行って戻ろうとしていたところ、転んだようだ。

お葉は多加江に駆け寄った。

「大丈夫ですか」

多加江は顔を顰《しか》め、膝をさすっている。立ち上がれないので、お葉が支えようとすると、多加江は嫌がった。

「這《は》っていくから、いいわよ」

「でもそのお膝では」

すると道庵も診療部屋から出てきた。道庵とお葉で担ぎ、多加江を運んだ。

多加江を布団に寝かせると、道庵はお葉に言った。

「あの山梔子《さんしし》の薬を作って持ってきてくれ」

「はい」

お葉は速やかに薬部屋へと向かい、打撲や捻挫《ねんざ》に効く薬を作り始めた。山梔子の粉末に、黄檗《おうばく》の粉末と饂飩粉《うどんこ》を混ぜ、酢で練ったものだ。これを患部に厚く塗れば、効き目を現す。

それを持って養生部屋へ戻り、お内儀の膝へ塗り、晒《さら》しをそっと巻いた。膝には痣《あざ》が、痛々しく広がっていた。

お内儀は、丁寧に手当てをするお葉を、忌々《いまいま》しそうな目で見る。道庵は息をついた。

「お内儀、危ねえから、暫く動くな。厠にも立つんじゃねえ。お葉、襁褓《むつき》を当ててやってくれ。これから取り替えを頼む」

「……はい」

お葉と多加江の目が合う。多加江は金切り声を上げた。

「襁褓なんて嫌ですよ！　赤ん坊じゃあるまいし。厠を使わせてもらいます」

「だが、もう立てねえだろう」

静かな部屋に、道庵の声が響く。多加江は黙ってしまった。

「お内儀、あんたの躰《からだ》はそれほど弱っちまっているんだ。強がるのはよせ。薬も食べ物も、すぐに効き目があるとは限らねえ。続けているうちに治っていくもんだ。焦るな。ここで、じっくり養生しろ」

多加江は声を絞り出した。

「治らなかったら……弁償してもらいますよ」

「おう、その時は言ってくれ。薬礼も養生代もいらねえからよ」

道庵は腕を組みながら笑う。多加江は唇を噛み締めた。

道庵が部屋を出ると、お葉は多加江に襁褓を当てた。多加江は青黒い顔を歪ませ、背けている。

多加江も嫌だろうが、お葉だって、多加江の下の世話がちゃんとできるか、実は自信がないのだ。両親が痢病に罹《かか》って臥《ふ》した時、お葉はどんな世話もやり遂げた。だが、それはお葉の最愛の者たちだったからだ。同じことを、果たして多加江にできるのだろうか。

男の患者はまだ無理かもしれないが、ほかの女の患者であれば、お葉だって何の躊躇《ためら》いもなく世話をすることはできる。だが多加江はかつてお葉を虐げ、今だって心ない言葉をぶつけてくるのだ。

——でも、道庵先生に頼まれたのだから、やらなければ。

複雑な思いを抱きつつ、お葉は多加江に襁褓を当て終えた。

「これで安心ですよ。ごゆっくりお休みください」

多加江はお葉と目を合さず、顔を背けたままだ。

「後で先生が、お薬を持って参ります」

そう告げると、お葉は静かに養生部屋を離れた。


診療所を仕舞うと、道庵は多加江に、催眠効果のある酸棗仁湯《さんそうにんとう》を再び飲ませた。するとと間もなく、多加江は寝息を立て始めた。

養生部屋を出ると、道庵はお葉に言った。

「お内儀の夕餉《ゆうげ》は用意しなくていいぜ。このまま朝まで寝かせてやろう」

「でも、お内儀様、今日は一口も召し上がっていらっしゃいません」

「一日ぐらい食わなくても平気だ。却《かえ》って躰の毒が出て、いいかもしれん。それに、薬は飲んだからな」

「そうですね。薬にも滋養はあります」

道庵は、お葉に微笑んだ。

「だから大丈夫だ。夕餉は俺とお前の二人分、作ってくれ」

「はい」

お葉は素直に頷《うなず》いた。


その夜、お葉は部屋で一人になると、窓を開けて星空を眺めた。皐月《さつき》（五月）に入り、夜風が心地よい。

——お内儀様のお世話、ちゃんと続けられるかしら。

お葉に、不安が込み上げる。多加江の世話をするのは、やはり気が重いのだ。

——道庵先生に頼まれるから、仕方なくしているだけなのよね。

お葉は手当てをする者として、努めて冷静に多加江に接している。しかし、やはりどうしても、多加江にかつて傷つけられたことが忘れられないのだ。

多加江は養生している今も傲岸《ごうがん》だ。それゆえ、いっそう思い出してしまい、鬱々《うつうつ》としてくる。

だがお葉は、多加江の世話を放棄して、診療所を飛び出していくほど、追い詰められている訳ではない。なんだかんだと、多加江の世話を務めている。それはどうしてなのだろうと、自分でも思う。

お葉の心に、謙之助と源信の言葉が浮かんだ。謙之助はお葉を虐《いじ》めた者たちのことを、心が歪《いびつ》になる病に罹っていたと言った。源信は、人として落ちぶれていると言った。

お葉は文机《ふづくえ》に頬杖《ほおづえ》をついた。

――そのどちらであっても、私が酷《ひど》い目に遭わされたことに変わりはないわ。

そう思いつつも、お葉の心はほんのり和らぐ。

お葉は気づいていた。謙之助も源信も、それぞれの言葉で、遠回しに自分を励ましてくれたのだと。そのことが、お葉は嬉《うれ》しかった。

奉公先でいびられていた頃は、味方になってくれる人など一人もいなかった。だが、今は励ましてくれる者たちがいる。それだけでも、お葉は救われる思いだ。

――自分が周りの人たちに支えてもらっているから、あの頃より、心に余裕ができたのでしょう。だから、躊躇いながらも、お内儀様のお世話ができるのかもしれないわ。

お葉は医心帖《いしんちょう》を開き、心に浮かんだことを書き留めてゆく。綴《つづ》りながら、五条屋の下女のお砂の顔がふと浮かんだ。

お砂は多加江に付き添いながらも、それとなくお葉に気遣っているようだった。きっとあの頃も、お葉を気の毒と思いつつ、多加江たちが怖くて何もしてくれることができなかったのかもしれない。

お葉は、自分が虐められていたことを人に知られるのが、惨めなように思えていた。だが、それも実は間違いだったと気づいた。自分が誤ったことをしていなかったのならば、理解を持ってくれる人が必ず現れるのではないか。ならば、何もいじけることはないのだ。

謙之助も源信も、お葉の経緯を知っても、お葉に対する態度は変わらなかった。

——それはきっと、お二人とも強さと優しさを持ち合せていらっしゃるからだわ。だから、人を思いやることができるのでしょう。

一見、謙之助は優しげで、源信は強気だ。だが、二人とも両方を持ち合せていることに、お葉は気づいていた。そして、それは、道庵とお繁も同様であろう。

——私も皆のように、優しくて強い人になりたい。

お葉に新たな願いが生まれ、医心帖にしっかりと書き留める。綴りながら、お葉はふと思った。

——謙之助様と源信先生、続けてここへいらっしゃったのは、偶《たま》さかだったのかしら。……もしや、道庵先生が二人を呼んだのでは？　私を励ましてやってくれと、二人に頼んだのかもしれないわ。

そう考えると、二人が続けてここへ来て、同じようなことを話して帰っていった意味が分かる。

——道庵先生ったら。一杯食わされた気分だわ。

夜風に吹かれながら、お葉は頰を膨らませる。

すると突然、大きなくしゃみが部屋まで響いて、お葉は肩を竦《すく》めた。多加江ではなく、道庵のそれだとすぐに分かる。驚いた後で、笑みがこぼれる。お葉は頰を緩めるも、自分まで小さなくしゃみが出たので、窓をそっと閉めた。

三

翌朝、裏庭の鶏が、卵を三個産んでいた。お葉は嬉々《きき》として、それを大切に持って、中へ戻った。

それから養生部屋へ行き、多加江を起こした。

「おはようございます」

多加江は薄目を開けるも、返事はない。いつものことなので大して気にもせず、お葉は雨戸を開けた。

お葉が襁褓《むつき》を取り替えようとすると、多加江は酷く嫌がった。あれから眠ったままだったので、汚れていることは察しがつく。お葉は多加江を宥《なだ》めた。

「綺麗《きれい》にしないと、お躰《からだ》にも障りがあります。清めさせてください」

「厠《かわや》に行くからいいわ」

だが、多加江は躰が動かない。苛立《いらだ》ちながら叫んだ。

「あの医者を呼んでよ。負ぶってもらうから」

「我儘《わがまま》を仰《おつしや》らないでください」

多加江は無理に半身を起こそうとして、掻《か》い巻《まき》が捲《まく》れた。その時、お葉は気づいた。多加江の寝間着に、血が滲《にじ》んでいることに。ちょうど下腹のあたりだ。

「失礼します」

お葉は多加江を押さえつけるようにして、寝間着の裾《すそ》を捲った。そして息を呑《の》んだ。襁褓が赤く染まっている。その匂いから、月経ではなく血尿だと思われた。

お葉は養生部屋を飛び出し、道庵に急いで報《しら》せた。道庵は顔色を変えて立ち上がった。二人して養生部屋へ向かう。道庵は多加江を怒った。

「どうして血尿のことを今まで黙っていたんだ」

するとと多加江は顔を歪《ゆが》め、堪《こら》え切れなくなったかのように、泣き始めた。

「怖かったんです……」

多加江の声は微《かす》かに震えている。自分でも怖くて言えなかったという気持ちが、お葉には分かった。その、誰にも言えぬような恐怖が、よけいに多加江を苛立たせていたのかもしれない。

病を恐れて泣いている多加江に、もはや鬼のような面影はない。お葉は不意に、源信が言っていたことを思い出した。

——人の身分は決して平等とは言えないが、病ってのは平等に人を襲うものなんだ。

平等に人を襲うもの……それは病だけでなく、天災や事故もそうであろう。いずれも、いつ人に降りかかるか分からない。だからこそ、周りの人々や自然《じねん》を大切にして、一日一日を丁寧に生きたいと、お葉は思う。

かつて多加江は、娘の多加代と一緒に、お葉のことを下女のくせにと言って、嘲《あざ》笑《わら》った。でも今は病の恐ろしさに、泣き伏している。

源信の言葉の意味の重さに気づき、改めて病とそれを治すことについて、お葉は考えるのだった。

道庵はもう一度詳しく、多加江を診た。多加江はもはや隠すことなく、自分の躰についてすべて語った。

予《かね》てから足腰や背中が痛く、その痛みを酒で紛らわすうちに、大量に呑むようになってしまった。三月《みつき》前頃から躰の痛みが酷くなり、医者を訪れるようになった。そして一月《ひとつき》前頃から血尿が出始め、さすがに怖くなったという。

多加江は、ほかにも脇腹と足の付け根が痛むことを、道庵に話した。排尿する時に、酷い痛みがあったことも。

道庵は苦々しい顔で顎《あご》を撫《な》でた。

「すると、腎《じん》ノ臓がかなり傷んでいるんじゃねえかな。血尿が出るってことは腎ノ臓が炎症を起こしている（腎炎）のだろう。慢性だったものが急に悪化したのかもしれねえ」

「治りますでしょうか」

掠《かす》れる声で多加江が訊《たず》ねる。道庵は息をつき、多加江を見据えた。

「俺たちの言うことを聞いてもらえればな。傷んでいるのは腎ノ臓だけでなく、おそらく、長年の飲酒によって胃ノ腑《ふ》も荒れちまっているだろう。腎ノ臓の不具合もしくは加齢によって、骨も弱まっていると思う」

多加江は思わず涙ぐんだ。

「う、動けるようになりますでしょうか」

「薬と食べ物で、治すことはできるぜ。お内儀、あんた、血尿が出ると怖かっただろう。もう、そんな思いはしたくねえだろう。ならば、こちらの言うとおりにしてくれ。用意した薬と食べ物を、しっかり取ってくれ。それができれば、必ずよくなる。できるかい？」

多加江は弱々しくも頷《うなず》いた。

「分かりました」

血尿のことを知られ、多加江は糸が切れてしまったかのように、おとなしくなっている。お葉は多加江の背中に、そっと手を当てた。

道庵は、多加江に処方する薬を変えた。血尿に効き目を現す猪苓湯《ちょれいとう》と、腎炎や腰痛に効き目を現す牛車腎気丸《ごしゃじんきがん》だ。

猪苓湯は、排尿時の強い痛みにも効果を現す。

お葉は道庵を手伝いながら、その調合を必死で覚えていく。

併せる生薬は、猪苓、茯苓《ぶくりょう》、沢瀉《たくしゃ》、滑石、阿膠《あきょう》。

主薬は猪苓で、利尿作用が強い。茯苓、沢瀉、滑石にも利尿作用があり、滑石は熱を冷ます働きも持つ。阿膠には強い止血作用がある。

牛車腎気丸は、十種の生薬を併せて作る。猪苓湯と重なっているのは、沢瀉と茯苓の二つだ。漢方の処方において、麻黄《まおう》、大黄《だいおう》、甘草《かんぞう》、附子《ぶし》が重複すると副作用が現れる恐れがあるが、この飲み合せではその心配はなかった。

お葉が煎じ薬と丸薬を運ぶと、多加江はおとなしく飲んだ。


お葉は朝昼晩と、多加江にお粥《かゆ》を作った。多加江は薄味のお粥が苦手なようで、どうしても残してしまう。胡麻《ごま》を振るなど、工夫しても駄目であった。

「薬だけではなく、食べ物でも滋養を取ってもらいたいのですが」

肩を落とすお葉に、道庵は微笑んだ。

「我儘言わずに食べるようになっただけでも、よかったぜ。そのうち慣れて、平らげるようになるさ」

「はい」

お葉は道庵に頷いた。

夜になり、お葉は書き溜《た》めた医心帖《いしんちょう》を読み返し、この数月で学んだことを振り返った。

人と人との蟠《わだかま》りを、時が解決することもあるということ。人を許すということ。気持ちの変化について。治療することの意味、などを。

行灯《あんどん》の柔らかな明かりの中で、お葉は医心帖を胸に抱き締めるのだった。

朝になると、お葉は裏庭で薬草たちに水をやった。梔子《くちなし》の白い蕾《つぼみ》が膨らみ始めていて、お葉は顔をほころばせる。

——梔子は香りがとてもよいから、咲くのが楽しみだわ。

その実から生薬の山梔子《さんしし》が作られ、染料としても使われる。

水遣《みずや》りを終えると、お葉はゆっくりと腰を上げ、空を眺めた。雲雀《ひばり》がさえずりながら飛び交っている。どこまでも青い空を見ていると、手を伸ばせば届きそうに思えてくる。

道庵が顔を見せ、お葉に再び訊ねた。

「お内儀を手当てすることに、躊躇《ためら》いはねえか。大丈夫かい」

お葉は道庵に、自分の考えをはっきりと告げた。

「源信先生が仰《おっしゃ》っていました。人の身分は決して平等とは言えないが、病は平等に人を襲う、と。……そうなのですよね。人は誰しも、平等に病に罹《かか》ります。そして、身分は違っても、人の命は誰も皆、等しく尊いものなのです。たとえそれが、かつて憎んだ相手であっても」

道庵は黙ってお葉の話を聞く。お葉は道庵を見つめた。

「私は正直、お内儀様をまだ真に許せるようには思えません。だって、それは酷《ひど》いことを言われたり、されたりしましたから。許すと言ったら、それは偽りの善になってしまいます。でも……命は誰も皆、等しく尊いもの。だから、許せぬ相手でも、助けるべきなのです。このお仕事をしているからには、助けたいのです」

お葉は昨夜、この考えに至った時、もっと熱心に多加江の世話ができるように思った。お葉の心に、医術の仕事に携わる者としての責任そして矜持《きょうじ》というものが、芽生え始めているのだろう。

武士の命を重んじ、町人の命を軽んじた医者の顚末《てんまつ》も、人の命は等しく尊いものだということを、お葉に教えてくれた。

お葉の決意を聞いて、道庵は大きく頷き、お葉の肩に手を置いた。道庵の手の温《ぬく》もりが、お葉の心をいっそう落ち着かせてくれる。

風が吹き、草木がいっせいに香り立った。お葉を励ましてくれているかのようだった。

四

多加江は少し落ち着いたものの、依然として体調は優れずにいた。頭が酷く痛むようで、汗も多量で、脈にも乱れがある。血尿もなかなか止まらず、背中や腰の痛みもまだ続いていた。

道庵は、お葉に言った。

「躰《からだ》の中の毒が出ているんだ。もう暫《しばら》く続くだろうが、そのうち治まる。看《み》てやってくれ」

「かしこまりました」

お葉は道庵を見つめた。

苦しみに耐える多加江を宥《なだ》めつつ、お葉は手当てをした。

猪苓湯が効いているようで小水が何度も出るので、その度にお葉は襁褓《むつき》を丁寧に取り替えた。血尿が続くのを見るのは辛《つら》かったが、多加江を不安にさせぬよう、努めて朗らかにしていた。

汗も多いので、躰を拭《ふ》き、寝間着も頻繁に替えた。布団を干す時は、別の布団に移さなければならない。そのほか、薬や食事の用意もある。たいへんな時にはお繁にも手伝ってもらい、お葉は精一杯務めるのだった。

多加江は苦しげな息をつきながら、臥《ふ》し続けていた。薬は、お葉が匙《さじ》で掬《すく》って、口に流し込んだ。

お葉に励まされ、多加江はどうにか薬は飲むものの、お粥は食べることができなかった。

――このままでは、病と闘う力がなくなってしまうかも。

台所に佇《たたず》み、顔を曇らせているお葉に、お繁が声をかけた。

「お内儀《かみ》さん、お粥を食べられないみたいだね」

「はい。一度、全部食べてくれたことはあったのですが。また食べられなくなってしまって。……よほど具合が悪いのでしょうか」

「酒を取り上げられて、ご飯の匂いが受けつけなくなっているのかもしれないね」

「そのようなことはあるのでしょうか」

眉《まゆ》を八の字にするお葉に、お繁は微笑んだ。

「躰が変わってきている、ってことさ。豆腐は食べさせてみたかい」

「はい。道庵先生が、お内儀様の病には納豆は控えたほうがいいが、豆腐は大丈夫だろうと仰ったので。でも、二口ぐらいしか食べてもらえなくて」

お葉は額に手を当て、溜息《ためいき》をつく。お繁は心配そうに、お葉を眺めた。

「疲れているんじゃないかい。深夜にも、一度は襁褓の取り替えをしているんだろう？　先生、気づいているみたいだよ」

お葉は微《かす》かな笑みを浮かべて、首を横に振った。

「いいえ、元気です。深夜の取り替えは、私が自分で決めたことですので、続けようと思います」

多加江は小水の量が多いので、夜と朝の間にも取り替えなければ、布団を汚してしまうことになるからだ。

お繁はお葉の肩に手を置いた。

「無理するんじゃないよ。お葉まで倒れたりしたら、先生が悲しむからね。なんなら、お内儀さんの夜のお世話は、お葉と私で交互にしようか」

「そんな……お繁さんにご迷惑をおかけしてしまいます。一人で大丈夫です。もし、きつくなってしまったら、その時はお繁さんに甘えさせてください」

お葉は真摯《しんし》な面持ちで、お繁を見つめる。お繁は頷《うなず》いた。

「分かった。その時は遠慮せずに、言うんだよ」

「はい」

お葉はお繁と相談し、柚子《ゆず》を使った料理を作り始めた。円丞師匠が、柚子を酒で煮詰めた飲み物で回復したことに、倣おうと思ったのだ。

だが、火にかければ飛ぶとはいえ、酒はあまり使いたくない。それでお葉たちは、柚子を蜂蜜《はちみつ》と水で煮詰めることにした。柚子の実も皮も、丸ごと使った、蜂蜜煮だ。

――確かお内儀様は、前々から蜜柑《みかん》や甘いものがお好きだったわ。ならばこの料理なら、少しは口にしてもらえるかも。

そのような願いを籠《こ》め、お葉はお繁と、鍋《なべ》の中を箆《へら》で掻《か》き混ぜる。

とろとろになるまで煮詰めると、お葉は椀《わん》によそって多加江に運んだ。

「お内儀様、おやつをお持ちしました」

耳元で声をかけると、多加江はゆっくりと目を開けた。養生部屋に、甘酸っぱいような匂いが漂う。お葉が手にした椀を眺め、多加江は瞬きをした。

「柚子の蜂蜜煮です。召し上がってみますか」

お葉が訊《たず》ねると、多加江は椀を見つめたまま、口を開いた。お葉は匙で掬い、食べさせる。多加江はゆっくりと噛《か》んで呑《の》み込み、また口を開けた。

多加江はこの料理を気に入ったようで、すべて食べた。お葉は多加江の口元を拭《ぬぐ》いながら、笑みを浮かべた。

「召し上がっていただけて、よかったです。柚子にも、病を治す力がありますので」

「……美味《おい》しかったわ」

多加江は呟《つぶや》くように言うと、また目を閉じた。お葉は盆を持って腰を上げ、養生部屋を出ていった。

多加江が食べることができるものがあると分かり、お葉はひとまず安堵《あんど》した。

だが、道庵は納得していないようだった。薬を飲み続けているのに、多加江がなかなか回復しないからだ。道庵の面持ちは日ごとに厳しくなり、口数も少なくなっていく。そのような道庵を見るのが、お葉は辛かった。

深夜に多加江の襁褓を取り替えた時、お葉は道庵の部屋から明かりが漏れていることに気づいた。襖《ふすま》の隙間からそっと覗《のぞ》いてみると、道庵はまだ起きて、熱心に本を読んでいた。その後ろ姿を見て、お葉は直感した。

——もしかしたら先生は、お内儀様の病の診立てを間違えたと思っていらっしゃるのではないかしら。それで、いろいろ調べていらっしゃるのだわ。

道庵の気持ちが分かり、お葉も息苦しくなる。足音を立てないように気をつけながら部屋へと戻り、布団に潜ったが、お葉もなかなか眠れなかった。


次の日の午前《ひるまえ》、お葉は道庵の使いで外へ出たが、用が済んでもすぐには戻らず、浜町川のほうへと急いで向かった。

その夜、診療所を仕舞った頃、源信がふらりと訪れた。お葉は微かな笑みを浮かべて源信を迎え入れ、診療部屋へと通した。診療部屋には道庵がまだいて、先ほど訪れた患者の体調や、患者に渡した薬などを帳面に記していた。道庵は患者一人一人に対して、病状や経過などをいつも丁寧に書き留めているのだ。字が書けるようになってきたので、近頃はお葉も手伝うことがあった。

脇目も振らずに熱心に患者のことを記している道庵を、源信は立ったまま見つめている。その源信の横顔を眺めながら、お葉は思った。

――源信先生は口ではあれこれ仰《おつしや》るけれど、やはり道庵先生のことを慕っていらっしゃるのだわ。

それゆえに源信は、道庵を批判しながらも、ここを訪れるのだろう。

源信が言葉を発しないので、帳面から目を離さずに道庵が先に話しかけた。

「で、今日はいってえ何の用だい？」

源信は、ふふ、と笑い、毛氈《もうせん》の上に腰を下ろした。

「いや、ちょっと気になったんでね。あの件《くだん》のお内儀、どうなったかと思って。病は治ったんだろうか」

道庵はようやく源信に目を移し、眉間《みけん》を軽く揉《も》んだ。

「治ってねえよ。まだここにいる」

「そうか。で、やはり腎ノ臓が悪いのかい」

少しの間の後で、道庵は答えた。

「俺は腎炎《じんえん》だと思ったんだが、もしかしたら違うのかもしれねえ。いくら薬を飲ませても、血尿がなかなか止まらねえんだ。すると考えられるのは、膀胱《ぼうこう》あるいは腎ノ臓の腫物《はれもの》だ。それだと……治せるかどうか、正直、自信はねえ」

行灯《あんどん》の明かりの加減で、道庵の顔に影が差している。お葉は目を伏せ、唇を噛む。

源信は腕を組み、訊ねた。

「お内儀には吐き気はあるのかい」

「いや、それはあまりねえ」

「ならば、腫物ではないのではないか？　腫物だったら、吐き気があるだろう」

「うむ。確かに」

考え込んでしまう道庵の傍らで、源信は目を泳がせる。お葉は息をつき、二人にお茶を淹《い》れるために腰を上げた。

奥の薬部屋へと行き、七輪を使ってお湯を沸かす。お茶を淹れている間、二人の声が微《かす》かに聞こえてきた。道庵は源信に、多加江の病状を詳しく話しているようだった。

盆を持って戻り、お茶を出したところで、源信が言った。

「お内儀は、もしや尿路に塊ができているのかもしれない（尿路結石のこと）。腎ノ臓の病の一種だ」

お葉は無論、道庵も目を見開いた。初めて聞く病にお葉は驚き、声を微かに震わせた。

「そんな怖い病があるのですね」

「いや、もともと尿の中に含まれているものが固まってできたものだ。生薬の牛黄《ごおう》は、牛の胆嚢《たんのう》に生じた結石だろう。まあ、そのようなものだ。その病には男のほうが罹《かか》りやすいが、女だって罹ると、長崎で学んだ」

道庵が身を乗り出した。

「あちらでは、そんな病が流行《はや》っていたのか」

「いや、流行っていたというのではなく、罹る者もいたってことだ。異人たちが多かったが、稀《まれ》に日本人もなっていた。皆、初めは淋疾《りんしつ》（膀胱炎）と勘違いして高を括《くく》っていると、血尿が出始めて慄《おのの》くって訳だ。お内儀の病状を聞いた限りでは、その病が最も当て嵌《は》まるような気がする。血尿が止まらないのは、できている塊が大きめなのだろう。それが引っかかってしまっているから、激しい痛みが消えないんだ」

「大きな塊なら、腹を切って取り出さなければならねえのか」

「酷《ひど》く大きければ手術が必要だが、そのうちに流れ出るとは思う。長崎で見た者たちも、大抵は薬で治っていたからな。だが、割と時間がかかるんだ。お内儀がここへ来て、まだ二十日は経っていないだろう。ならば、猪苓湯を飲み続けていれば、そのうち塊は尿とともに排出されるよ。そうすれば血尿は止まる。疝痛《せんつう》もなくなるって訳だ」

道庵とお葉はともに背筋を伸ばし、目を瞬かせる。源信は得意気に顎《あご》を上げた。

「尿路に塊ができると、耐え難い痛みに襲われるというからな。お内儀はこれまでの不摂生な生活も祟《たた》って、よけいに酷い症状が現れてしまったんだろう。でも、ここにいて、だいぶ改善されてきているだろうから、もう暫《しばら》く薬と食事に気を遣って、様子を見ていればいいさ。尿路の塊には五淋散より猪苓湯のほうが効くから、薬を変えて正解だったよ。一月《ひとつき》以上が経っても血尿が止まらないようだったら、その時はまた考えよう。手術ができる医者を紹介できるかもしれない」

「よろしくお願いいたします」

道庵とお葉は姿勢を正し、源信に深々と頭を下げた。

三人で相談し、鍼《はり》の治療もすることにした。

疝痛に効くのは腰のあたりにある志室《ししつ》というツボとのことで、道庵は早速打ってみると言った。

お葉は外に出て、源信を見送った。改めて、礼を述べる。

「お忙しい中、道庵先生を助けてくださって、本当にありがとうございました。鋭いお診立てに感謝申し上げます」

「なに、大したことじゃないよ。先生やお葉ちゃんの力に少しはなれて、よかったぜ」

二人は微笑み合う。源信を呼んだのは、お葉だった。悩んでいる道庵を見ているうちに、源信ならば何か知恵を貸してくれるのではないかと思ったからだ。お葉は源信の賢さを、素直に認められるようになっていた。

多加江の世話をすることで悩んでいた時に、道庵はお葉を励ますために、源信を差し向けた。だから今度は、お葉が道庵を励ますために、源信を差し向けたのだった。

「道庵先生、このところ険しい面持ちでしたが、源信先生とお話しした後では和らいでいました。道庵先生、源信先生のことを心強く思っていらっしゃるでしょう」

「ならばよかった。まあ、俺のかつての師匠だからな。これからも少しずつ恩は返そう。……で、今回の謝礼についてだが」

「あ、はい」

　お葉は思わず肩を竦《すく》める。

　——やはり、そういうところ抜け目ないわね。まあ、源信先生らしいけれど。

　唇を微かに尖《とが》らせたお葉に、源信は微笑んだ。

「川開きをしたら、花火を観に連れていってくれないか。長崎に行ってから、暫く観ていなかったんだ。できれば道庵先生とお繁さんも一緒に。あ、弁当もご馳走《ちそう》してくれるとありがたい。もちろんお葉ちゃんの手作りでもよい」

　お葉は源信を見つめた。月明かりの加減か、今宵の源信の眼差《まなざ》しは、それほど鋭くはない。皐月《さつき》の下旬に川開きをすると、毎晩のように両国で花火が打ち上げられる。お葉も笑みを浮かべ、頷《うなず》いた。

「はい！　先生に伝えておきます。皆で花火を観ますこと、楽しみです」

「俺も楽しみにしている」

　源信は、おやすみと言って、去っていった。その後ろ姿を眺めながら、お葉は花火弁当のお菜《かず》は何がよいか、既に考え始めていた。

　多加江については、源信に言われたように、今までと同じく薬と食事それに鍼によるに治療で、暫く様子を見ることにした。

夕餉《ゆうげ》を支度する時、お葉はまた悩んでしまった。道庵曰《いわ》く、多加江の病には、獣肉は禁物で、魚もまだ食べないほうがよく、塩や塩気の強いものも控えるべきとのことだ。濃い味付けや甘過ぎるもの、酒が含まれているものも控えなければならない。すると醬油《しょうゆ》、味噌《みそ》、味醂《みりん》などもまだ使わないほうがよいと思われた。

——果たして、お内儀様のお口に合うようなものが作れるのかしら。お粥《かゆ》も湯豆腐も、駄目だったし。

台所に立ち、お葉は深い溜息《ためいき》をつく。お繁はまだ残って、お葉を手伝ってくれていた。

「するとさ、出汁《だし》を丁寧に取るしかないかもね。出汁だけで汁《つゆ》を作る、饂飩《うどん》なんかはどうだろう」

お葉は胸の前で手を合せた。

「あ、それはいいかもしれませんね。……でも、饂飩は食べても大丈夫なのでしょうか」

二人は目と目を見交わす。お葉はすぐに道庵に訊《き》きにいき、答えを得ると急いで戻った。

「饂飩はいいとのことです。お内儀様の病には、蕎麦《そば》は控えたほうがよいそうですが」

「それはよかった。じゃあ、夕餉は饂飩を作ってあげよう」

微笑み合うも、お葉は首を傾げる。

「でも……出汁のみの汁って、やはり味はかなり薄いですよね」

「お内儀《かみ》さん、柚子《ゆず》は食べたみたいだけれど、ごはんものは暫く食べていないだろう。すると、出汁のみでも、今なら味を感じるかもしれないよ」

お葉は大きく瞬きをした。

「確かに、そうかもしれません」

「そういう饂飩を作ってみてさ、私たちも味見してみようよ。案外、美味《おい》しいかもしれないよ」

「はい。私は好きになりそうです」

出汁は昆布で取ることに決め、お葉はお繁と一緒に早速作り始めた。

お葉が饂飩を運ぶと、多加江は半身を起こそうとした。様子を見ながら、お葉も手伝う。暫く寝たままだったが、動けるものなら、そろそろ半身ぐらいは起こしてもよい頃だった。

多加江は顔を顰めながらも、座る姿勢を取れた。お葉は多加江の背中に手を当てて支えながら、もう片方の手で椀《わん》を渡した。

併せ出汁だけで作った饂飩には、三つ葉も載っている。多加江は椀を両手で持ち、匂いを吸い込んだ。汁を啜《すす》って、息をつく。優しい味わいが胃ノ腑《ふ》に沁《し》みるのだろう、多加江の面持ちが和らぐ。幾度か汁を啜った後、饂飩を食べようとしたが、多加江の手はまだ微《かす》かな震えが続いていて、箸《はし》を上手《うま》く動かすことができない。

そこでお葉が箸を持ち、食べやすいように饂飩を切って、多加江の口に運んだ。

多加江は饂飩を嚙《か》み締め、微かな笑みを浮かべる。

二人は言葉を交わすこともなく、お葉は淡々と多加江に食べさせる。多加江は汁まで飲み干し、椀を空にした。

食べ切ってくれたことが嬉《うれ》しくて、お葉は顔をほころばせる。盆を持ち、おもむろに腰を上げた。

「これを片付けましたら、寝間着と襁褓《むつき》を替えに参りますね」

お葉が告げると、多加江は頷いた。

その夜は、お葉たちも出汁のみで作る饂飩を味わった。味見をしてみたら、思いのほか美味だったからだ。とは言え、やはりそれだけでは寂しいので、鮎《あゆ》の塩焼きもつけた。

道庵は饂飩に目を瞠《みは》りつつ、鮎の味わいに顔をほころばせる。

「やっぱり旨《うめ》えなあ」

お葉とお繁も微笑んだ。

「お内儀さんも食べたいでしょうねえ」

「治ったら、少しは塩を取ってもよいんですよね」

お葉が訊《たず》ねると、道庵は饂飩を啜りつつ答えた。

「治ったらな。だが、味付けはすべて控えめにすることだ。この鮎だって、それほど塩を振ってる訳ではねえのに旨い。この饂飩だって絶品だ。味を濃くすりゃいいってもんじゃねえ」

お繁が薄笑みを浮かべた。

「それだけ味を控えたら、お内儀さんの性分も、少しは控えめになるかもしれませんね」

三人は顔を見合せる。道庵は、ふふ、と笑みを漏らし、お葉は肩を竦めた。

お葉は懸命に手当てを続け、八日ほど経つと、多加江の躰《からだ》から毒がだいぶ抜けてきたようだった。

半身を起こすこともそれほど困難ではなくなり、手の震えも治まってきた。

多加江の様子を見るため、お繁も一緒に食事を運んだ。多加江はもう箸を使って、自分で食べられるようになっている。出汁で炊いた蚕豆《そらまめ》ごはんを味わい、多加江は目を細めた。

「美味しい」

思わず言葉を漏らす多加江に、お繁が言った。

「そりゃ美味しいでしょうよ。かつてお内儀さんたちに酷《ひど》いことをされて身投げしたお葉が、その恨みも忘れて、懸命に作っているんだから。お内儀さんの躰を治したい一心でね」

多加江の目が見開かれる。手から箸が滑り落ちた。お葉は、お繁の肩を摑《つか》んだ。

「お繁さん、その話は、もう……」

だがお繁は止めなかった。

「この娘《こ》は、身投げしたところを道庵先生に助けられて、それからここで働くようになったんだ。あんたは、それほどこの娘を追い詰めたんだよ。そのお葉が、あんたを懸命に手当てするってのは、それだけこの仕事に打ち込んでいるってことさ。お葉だけでなく誰だって、何の値打ちもないなんてことは、ある訳がないんだ。現にあんただって、この娘に何から何まで世話してもらって、助けられているだろうよ」

多加江はうつむき、肩を微かに震わせ、押し黙ってしまった。

お繁はお葉を振り返った。

「ごめんね。出過ぎたことをしちゃって。でもさ、どうしても言っておきたいことって、人にはあるもんなんだよ」

お葉は目を伏せ、多加江が落とした箸を拾った。

「新しいのをお持ちします」

そう言ってお葉は部屋の外に出た。なぜだか胸が詰まり、涙が込み上げてきそうだった。

お葉は裏庭で、道庵に多加江の世話をしていけるかと訊ねられたことを思い出した。あの時、お葉は言った。多加江をまだ真に許せるようには思えない、許すと言えばそれは偽りの善になってしまう、と。

だが、お葉は実はもう、多加江のことを許せるようになってきているのかもしれない。それはきっと、医術の仕事に携わるうちにお葉に芽生えた、自信と矜持《きょうじ》ゆえだろう。ずっと惨めな思いをしてきた自分に人を癒《いや》す力があることを知り、お葉は時に悩みながらも、ようやく自信が持てるようになってきたのだ。

お葉は道庵やお繁たちのように、強く優しい者になりたいと願う。強く優しい心で、患者である多加江を支えたいと、お葉は真に思い始めていたのだ。そのことにはっきり気づいたからこそ、胸が震えた。

頰を伝った涙を指で拭《ぬぐ》いながら、お葉は台所へと向かった。

それからも、お葉は何事もなかったかのように、多加江に対する態度を変えなかった。

道庵と一緒に薬を作って飲ませ、お繁と一緒に食事を作って食べさせる。こまめに多加江の躰を拭《ふ》き、寝間着や襦袢を取り替え、水や麦茶を飲ませて毒を輩出させた。

お葉たちの懸命な手当てで、暫《しばら》くすると、多加江の血尿は完全に止まった。源信の診立てで合っていたようだ。できていた塊がようやく流れ切ったのだろう。

皐月《さつき》も半ばを過ぎ、雨の日が多くなってきた。お葉は多加江に、柚子《ゆず》の蜂蜜《はちみつ》煮を運んだ。

一緒に差し出された湯呑《ゆの》みを見て、多加江は訊ねた。

「これは、お薬？」

「はい。桔梗《ききょう》の根を煎《せん》じたものです。咳《せき》や喉《のど》の痛みに効くんです。お内儀様、昨夜から少しお咳をしていらっしゃったので」

裏庭には今、桔梗が美しく咲いている。楚々《そそ》とした薄紫色の花は、雨にも映えた。その根が生薬となる。

多加江はお葉を見て、そっと目を伏せた。

「花に詳しいのね」

「道庵先生が教えてくれますので」

「よく覚えられるものだわ」

「小さい頃から、草花が好きだったんです。私のお父《とっ》つぁんは植木職人だった……」

言いかけ、お葉は口を噤《つぐ》んだ。多加江に、亡き両親まで貶《けな》されたことを思い出したからだ。

静かな養生部屋に、雨の音が聞こえてくる。桔梗の煎じ薬が入った湯呑みを持ちながら、多加江は声を絞り出した。

「あの時は……ごめんなさいね」

多加江の目から、大粒の涙がこぼれた。

雨音に混じって、多加江の啜《すす》り泣く声が響く。お葉は多加江の背中に手を当て、声をかけた。

「もう、いいです」

だが多加江の涙は止まらない。噎《むせ》ぶ多加江を眺めながら、お葉の心も揺らぐ。

亡き両親に、語りかけたいような思いだった。


その翌日、多加江の娘の多加代が、お砂と一緒に見舞いに訪れた。母親がお葉に手当てしてもらっていることは、お砂から聞いて、多加代も知っていたようだ。

多加代は青褪《あおざ》めた顔で、お葉に会釈をした。多加代は仲間と一緒にお葉を嘲笑《あざわら》い、叩《たた》いたり蹴《け》ったりした娘だ。

お葉は多加代に会ったら、恐怖で震えるのではないかと危惧《きぐ》していたが、そのようなことはなかった。それどころか、どうしてあの頃は、この娘をあれほど怖がっていたのだろうと思った。お葉は拍子抜けしたような思いで、多加代に会釈を返した。

かつての敵に会っても、お葉はもう怖がることはない。それどころか、静かな笑みを浮かべてさえいた。

この診療所で過ごした時や、出会った人々や、ここで得た経験が、それほどまでにお葉を変えたのだろう。

昨夜、書き溜《た》めた医心帖《いしんちょう》を読み直しながら、お葉は思ったのだ。両親を亡くしてから、憎い人々にも確かに出会った。その人たちに酷い虐《いじ》めを受けたこともあった。だが、今の自分があるのは、そのような経験をすべて引っ括《くる》めてなのだ。

辛《つら》い思いをしたことで、お葉にとって、遣《や》り甲斐《がい》のある仕事ができるようにもなった。

そう考えれば、辛い思いをさせてくれた者たちにだって、感謝すべきなのかもしれない。

そのように思えるほど、お葉は医術の仕事に打ち込んでいるのだ。

人生に無駄なことなど一つもないと、今のお葉は胸を張って言える。虐められたことだって、死のうとしたことだって、お葉に大きな学びを与えてくれたのだから。

このような考えに至ると、お葉の気持ちはいっそう浄化された。

それゆえ、多加代に会っても、心がざわめくこともなかったのだろう。

多加代はバツの悪そうな顔で、白い小袖《こそで》姿のお葉をちらちらと眺める。お葉から話しかけた。

「お母様、だいぶお元気になられましたよ」

「……よかったです」

多加代は小声で答え、うつむいた。母親を助けてくれたお葉には、頭が上がらないかのようだ。

道庵に頼まれ、奥の部屋でお葉が薬を作り始めると、多加代はさりげなく覗《のぞ》いていた。多加代からは謝りの言葉はなかったが、お葉に対する刺々《とげとげ》しさは、すっかり潜まっていた。


道庵の治療とお葉の丁寧な手当てで、多加江の具合はよくなり、家に戻ることになった。

再発を防ぐために薬は暫く飲み続けなければならないが、血尿は止まり、躰《からだ》の痛みも消えて動けるようになり、もう普通の暮らしができるほどに回復していた。

診療所を出ていく前の日、多加江は姿勢を正して、お葉が作った夕餉《ゆうげ》を味わった。

出汁《だし》の利いた黒豆ご飯に、大葉と胡瓜《きゅうり》と布海苔《ふのり》の酢和《あ》え、じゃがたら芋を出汁で煮たもの。酢和えには黒胡麻《ごま》も併せた。黒豆や黒胡麻、海苔などの黒い色の食べ物は、腎ノ臓を健やかにする。それに、ほうじ茶。多加江が罹《かか》った病の再発を防ぐには、緑茶ではなく、ほうじ茶や麦茶がよいのだ。

多加江は笑みを浮かべて舌鼓を打ち、お葉に訊《たず》ねた。

「どれも美味《おい》しい。ねえ、どうやって作るの。家に帰ってからも味わいたいわ」

「そうしてくださると嬉《うれ》しいです。これからもお食事に気をつけていただければ」

お葉は顔をほころばせ、作り方を教え始める。多加江は目を細めながら、熱心に聞いていた。

五月雨《さみだれ》の合間の清々《すがすが》しい朝、お砂が多加江を迎えにきた。

お葉はお砂に、帳面を渡した。多加江に作ってもらいたい料理や飲み物と、控えるべき食べ物などを、書き記したものだ。お葉は、料理や飲み物の詳しい作り方まで綴《つづ》っていた。お砂はその帳面を大切に抱え、お葉に繰り返し礼を言う。二人の遣《や》り取りを、多加江は静かに聞いていた。

診療所を去る前、多加江は道庵に深々と頭を下げた。

「いろいろとご迷惑をおかけしてしまい、申し訳ございませんでした。これからもお薬、よろしくお願いいたします」

「おう、躰を大事にな」

道庵は腕を組み、多加江に微笑む。

それから多加江はお葉を真っすぐに見て、もう一度、頭を深く下げた。

「ありがとうございました。治してくださって恩に着ます。……お葉先生」

お葉は目を見開いた。生まれて初めて先生と呼ばれ、動揺してしまう。

「そんな、私」

すると多加江は両手でお葉の手を握り締め、首を横に振った。それから微《かす》かな笑みを浮かべ、お葉の目を見つめて、頷《うなず》いた。

診療所の前で、多加江を乗せた駕籠《かご》を見送りながら、道庵が言った。

「ちゃんとした暮らしに戻ればいいけどよ、もしまた酒浸りの暮らしに戻っちまったら、あのお内儀、それほど長くは持たねえかもしれねえな」

「大丈夫ですよ。お内儀様、私に約束してくれましたから。ここでの暮らしを忘れずに、家に戻っても慎ましく過ごす、って」

「ほう。それでお前は、その言葉を信じるんだな」

お葉は道庵に微笑んだ。

「はい、信じます」

お繁や源信にも手伝ってもらい、皆で力を併せたのだから、多加江のすべてが治っていることを期待する。

晴天には雲が流れ、燕《つばめ》が舞っている。

医の心を学んだことで、自分の気持ちにもけじめをつけたお葉は、志をいっそう高くするのだった。

師である道庵のように、驕《おご》ることなく患者に寄り添い、誰でも等しく尊い命を、これからも救っていきたいと。

終　章

夏の夜空を彩る花火を眺め、お葉は歓喜の声を上げた。

「わあ、綺麗《きれい》！」

立て続けに打ち上げられると、まさに空一面に花が咲き乱れるような麗しさだ。あちこちから、玉屋《たまや》、鍵屋《かぎや》の掛け声が飛ぶ。お葉は道庵たちと一緒に屋根付きの納涼舟《すずみぶね》に乗り、簾《すだれ》を上げて花火を楽しんでいた。

隅田川は皐月《さつき》二十八日に川開きをする。その合図が、両国で上がる花火なのだ。花火は葉月（八月）二十八日が打ち止めとなるが、その三月《みつき》の間は、隅田川での水泳や、納涼舟などの往来、両国での夜店の営業などが許される。大花火がない時には、花火舟が花火を打ち上げ、賑《にぎ》わいを見せた。

「皆で観るって、やはり、いいもんだな。独りで夜釣りをしながら眺める花火とは、一味違うぜ」

梅干しのおにぎりを頬張りつつ、道庵が微笑む。お繁は生姜の甘酢漬けを齧《かじ》って、目を細めた。

「そりゃ気の合う者同士で観たほうが、楽しいに決まってるじゃありませんか。ねえ、源信先生」

「まあな。道庵先生と俺は、気が合っているのか否か、よく分からんが」

源信は大葉入り玉子焼きを、指で摘んで味わっている。いずれもお葉が作ったものだ。お葉もおにぎりを頬張りつつ、夜空から源信へと目を移した。

「気が合っていらっしゃるから、こうしてご一緒しているのではありませんか？」

「うむ。そういうことにしておくか」

「花火を観ている時ぐらいは、和やかでいたいもんだ」

道庵は笑顔で源信に酒を注ぐ。源信も道庵に酌を返した。

黄色い花火が、夜空に打ち上がった。それを眺めながら、お葉は胸をときめかせた。

――満作の花のようだわ。

寒い時季に、元気よく鮮やかな色の花を咲かせる満作の木が、お葉の両親も好きだった。

――お父つぁんとおっ母《か》さんも、この花火を観ているかしら。

亡き両親の笑顔が見えたような気がして、お葉の心はいっそう温《ぬく》もる。大好きだった両親が見守っていてくれるからこそ、お葉は今、師匠や仲間たちに恵まれ、こうしてかけがえのない時を過ごしているのだろう。

——お父つぁん、おっ母さん。大切な人たちや、大切なものたちを失ってしまわないよう、努めていくね。

亡き両親に誓った時、白い花火が打ち上がり、お葉はまた声を上げた。

「蒲公英《たんぽぽ》の大きな綿毛みたい！」

可愛らしくも迫力のある白い花火に、目を瞠《みは》る。お葉の喩《たと》えに、道庵たちは笑った。

一刻《いっとき》（およそ二時間）ほどで舟を下り、皆で両国橋の周辺に出ている露店を見て回った。お面や竹細工を眺めていると、声をかけられた。覚えのある声の主は、謙之助だった。夜の見廻《みまわ》りをしていたようだ。

「皆さんお揃いで。花火を観ていたのか」

謙之助は訊ねながら源信に目を留め、おや、というような顔をした。道庵がさりげなく源信を紹介すると、謙之助は頷いた。

「ああ、こちらが。話は道庵先生から聞いている。長崎から帰ってきたそうだな」

「はい。富沢町に診療所を構えております」

源信は謙之助に対しても、自信に満ちた口ぶりだ。道庵は次に、源信に謙之助を紹介した。源信は不敵な笑みを浮かべた。

「私も旦那《だんな》のお話を伺っておりました。怪我をされて、先生の診療所へ運び込まれたと。今度痛い目に遭われたら、是非、私が診させていただきたく存じます」

謙之助と源信の目が合う。微かな火花が散ったようで、お葉は胸にそっと手を当てた。謙之助は、二つ年上の源信に微笑んだ。

「その時はよろしく……と言いたいが、どうだろう。やはり道庵先生の診療所に行ってしまうかもしれぬ。先生はもちろんだが、お葉ちゃんの手当てが行き届いているのでな。お繁さんも手伝いにきてくれるし」

「いえ、旦那。うちの診療所では、この三人でする以上のことを、私一人でさせていただきますのでね。お怪我をなさった時には、いつでも、どうぞ」

「ふふ。なにやら私に怪我させたくて仕方がないみたいだな」

「いえ、そんなこと思っていても口にはしませんよ」

雲行きが怪しくなってきて、道庵が咳払《せきばら》いをした。

「旦那、見廻りの途中でお引き留めしてしまって、申し訳ありませんでした。我々もそろそろ帰りますので」

「そうだな。先生たちは明日も早いだろうから、ゆっくり休むがよい。送っていきたいところだが、先生がついていればお葉ちゃんもお繁さんも安心だろう」

お葉は頷《うなず》いた。

「はい、心強いです。謙之助様もお気をつけて」

「ありがとう。お葉ちゃんも気をつけて帰ってくれ」

謙之助はお葉に微笑むと、見廻りに戻っていった。源信は腕を組み、顎《あご》を少し上げて、謙之助の後ろ姿を睨《ね》める。道庵は肩を竦《すく》め、お繁は含み笑いをしている。

その傍らでお葉は、たった今打ち上げられた青い花火に、言葉も忘れて見惚《みと》れていた。空一面に、大輪の紫陽花《あじさい》が咲いたようだった。

本書は書き下ろしです。

お葉《よう》の医《い》心《しん》帖《ちよう》

つぐないの桔《き》梗《きよう》

有《あり》馬《ま》美《み》季《き》子《こ》

令和6年 5月25日　初版発行

発行者●山下直久

発行●株式会社KADOKAWA
〒102-8177　東京都千代田区富士見2-13-3
電話　0570-002-301（ナビダイヤル）

角川文庫 24173

印刷所●株式会社暁印刷
製本所●本間製本株式会社

表紙画●和田三造

●お問い合わせ
https://www.kadokawa.co.jp/（「お問い合わせ」へお進みください）
※内容によっては、お答えできない場合があります。
※サポートは日本国内のみとさせていただきます。
※Japanese text only

ISBN 978-4-04-114941-6　C0193

◇◇◇

角川文庫発刊に際して

角川源義

　第二次世界大戦の敗北は、軍事力の敗北であった以上に、私たちの若い文化力の敗退であった。私たちの文化が戦争に対して如何に無力であり、単なるあだ花に過ぎなかったかを、私たちは身を以て体験し痛感した。西洋近代文化の摂取にとって、明治以後八十年の歳月は決して短かすぎたとは言えない。にもかかわらず、近代文化の伝統を確立し、自由な批判と柔軟な良識に富む文化層として自らを形成することに私たちは失敗して来た。そしてこれは、各層への文化の普及滲透を任務とする出版人の責任でもあった。

　一九四五年以来、私たちは再び振出しに戻り、第一歩から踏み出すことを余儀なくされた。これは大きな不幸ではあるが、反面、これまでの混沌・未熟・歪曲の中にあった我が国の文化に秩序と確たる基礎を齎らすためには絶好の機会でもある。角川書店は、このような祖国の文化的危機にあたり、微力をも顧みず再建の礎石たるべき抱負と決意とをもって出発したが、ここに創立以来の念願を果すべく角川文庫を発刊する。これまで刊行されたあらゆる全集叢書文庫類の長所と短所とを検討し、古今東西の不朽の典籍を、良心的編集のもとに、廉価に、そして書架にふさわしい美本として、多くのひとびとに提供しようとする。しかし私たちは徒らに百科全書的な知識のジレッタントを作ることを目的とせず、あくまで祖国の文化に秩序と再建への道を示し、この文庫を角川書店の栄ある事業として、今後永久に継続発展せしめ、学芸と教養との殿堂として大成せんことを期したい。多くの読書子の愛情ある忠言と支持とによって、この希望と抱負とを完遂せしめられんことを願う。

一九四九年五月三日

角川文庫ベストセラー

お江戸やすらぎ飯　芍薬役者
鷹井　伶

人に足りない栄養を見抜く才能を生かし、料理人を目指して勉学を続ける佐保。芍薬の花のような美貌の人気役者・夢之丞を、佐保は料理で救えるか――？　美味しくて体にいいグルメ時代小説、第2弾！

お江戸やすらぎ飯　初恋
鷹井　伶

人に足りない栄養を見抜く才能を活かし料理人を目指す佐保は、医学館で勉学に料理に奮闘する。美味しくて体にいいグルメ時代小説、第3弾！

とわの文様
永井紗耶子

江戸で評判の呉服屋・常葉屋の箱入り娘・とわは、行方知れずの母の代わりに店を繁盛させようと日々奮闘している。兄の利一は、面倒事を背負い込む名人。今日はやくざ者に追われる妊婦を連れ帰ってきて……。

まことの華姫
畠中　恵

江戸両国の見世物小屋では、人形遣いの月草が操る姫様人形、お華が評判に。〝まことの華姫〟は真実を語るともっぱらの噂なのだ。快刀乱麻のたくみな謎解きで、江戸市井の悲喜こもごもを描き出す痛快時代小説。

あしたの華姫
畠中　恵

両国で評判の、姫様人形・お華と、その遣い手の月草。両国一帯を仕切る親分・山越の跡取り問題が持ち上がり、娘のお夏が騒動の中心に。仲良しのお夏を守るため、2人で1人、月草とお華の冒険劇が始まる！